Bogda

CW01642985

# Jurnalul unui Adam

*Volumul 2*
*Partea I*

Bookzone
BUCUREȘTI, 2019

**Descrierea CIP a Bibliotecii Naţionale a României**
**MARCU, BOGDAN**
**Jurnalul unui Adam** / Bogdan Marcu. - Bucureşti : Bookzone, 2019-
3 vol.
ISBN 978-606-9008-31-7
**Vol. 2. Partea 1.** - 2019. - ISBN 978-606-9008-33-1

821.135.1

Reproducerea sub orice formă, doar cu acordul autorului.
Editura Bookzone
Şoseaua Berceni, nr. 104, sector 4, Bucureşti
Redacţie: 0774.091.579
Distribuţie: 031.433.51.56
office@bookzone.ro

Grafică: Bogdan Ionuţ Gurău

@Bookzone

Bogdan Marcu

# Jurnalul unui Adam

*Volumul 2*

*Partea I*

# Continuarea volumului I

**O FEMEIE DEVINE DE NEOPRIT DIN MOMENTUL ÎN CARE REALIZEAZĂ CĂ MERITĂ MAI MULT.**

Am fumat vreo cinci țigări și simțeam că plămânii mei au început să plângă de la atât fum extrem de nesănătos pentru ei. Cel puțin, am reușit să nu mă mai gândesc la ceea ce i-am făcut Andradei și, într-o oarecare măsură, Alexandrei. Am încercat să fug după doi iepuri și am prins un rahat mai mare decât cei 180 de centimentri ai mei.

Mă gândeam cum să o împac pe Andrada, cum să o recuceresc când ea nu mai voia să audă de mine. Așa-mi cerea sufletul – să o recâștig oricât de mult aș pierde, oricât de greu ar fi. De cealaltă parte, rațiunea îmi șoptea că mai sunt alte fete și că nu are rost să mă opresc doar la una singură. Nu știam ce să fac și, din cauza asta, mă simțeam descumpănit.

Primesc un mesaj pe telefon.

„În cinci minute, ne vedem la mine la clasă! Vreau să vorbim!”

Era de la Andrada. M-am ridicat de pe bancă și m-am grăbit spre clasa ei. Într-un minut, eram în fața ușii așteptând să apară. Prin cap îmi treceau zeci de posibilități, zeci de finaluri ale conversației, zeci de moduri în care aș putea îndrepta lucrurile și zeci de promisiuni pe care le-aș fi putut face fără să respir. Dar toate acestea erau posibile doar dacă ea îmi dădea voie să le materializez.

O văd venind.

Mergea încet, nesigur, ținând capul în pământ. Părea că pe umerii firavi purta cea mai mare greutate a vieții ei. Încerc să o analizez de la distanță pentru a îmi da seama ce va urma - taifun sau doar o adiere trecătoare. Degeaba tot încerc, căci nu am șanse de izbândă. Ce-o fi, o fi, îmi spun. Ajunsă în dreptul meu și fără a îmi spune ceva, deschide ușa de la clasă și intră. O urmez și eu, spășit, fără idee despre ce aș putea să-i spun și cu speranțe că a înțeles fapta mea.

- M-ai dezamăgit profund, Adam! De când am aflat, n-am avut liniște și mă tot gândesc ce am făcut să merit un astfel de lucru. Poate că nu am fost bună deloc ori poate că am fost prea bună. Aș miza pe a doua variantă totuși. Însă, te rog, spune-mi tu de ce ai făcut acest lucru?

- Din prostie, Andrada! Nu am gândit lucid. De fapt, nu am gândit deloc. Ca orice puști, m-am aruncat înainte, sperând să rămână secret. Deși, recunosc, în repetate rânduri am simțit să-ți spun, pentru că mă apăsa lucrul acesta.

- Atât de tare te-a apăsat încât ai făcut-o în mod repetat! Super! Iar eu am picat de proastă în toată ecuația asta.

- Iartă-mă, te rog!

- La ce bună iertarea? Sufletul mi-e bucăți și oricât de mult mi-aș dori să te iert, nu cred că o voi putea face. Știi, uneori pierzi diamantul, căutând pietre. Cam așa cred eu că s-a întâmplat în cazul tău.

- Te rog, nu te voi mai dezamăgi. Ia-ți puțin timp, liniştește-te şi apoi hai să costruim totul de la zero.

- De la zero? Nu, nu pot. Am mai fost o dată la zero, am urcat la plus infinit și, acum, faptele tale ne-au aruncat tocmai la minus infinit. Nu, nu cred că mai pot să am de-a face cu tine. Nu cred că înțelegi ce zace în interiorul meu în aceste momente. De fapt, nici n-ai cum să înțelegi, pentru că nu ai trecut prin așa ceva!

- Te rog! Doar asta mai puteam spune. Îmi rămânea doar să o rog și să sper că se va înmuia în fața rugăminților mele.

- Nu mă mai ruga, Adam! Nu va schimba nimic. Imaginează-ți cel mai simplu și comun caz - dai cu mașina peste un om, îl ucizi și apoi te rogi să reînvie. Crezi că vei avea succes?

- Evident că nu…

- Înseamnă că înțelegi ce îți spun. Pentru mine, relația noastră s-a oprit aici. Ți-ai bătut joc, iar dacă te-aș ierta, te-ai învăța prost. Am mai făcut asta în trecut, cu un alt băiat, și apoi a ajuns să creadă că poate face orice pentru că, oricum, îl voi ierta. Evident, i-a mers de vreo două ori, dar apoi am realizat cât de naivă eram și am rupt răul de la rădăcini.

- Nu sunt fostul tău, Andrada! protestez eu.

- Așa ar spune orice băiat. Că el nu e ca fostul, că el este mai bun, că el face și drege, dar, de cele mai multe ori, mi s-a demonstrat atât mie, cât și prietenelor mele, că este o afirmație fără o valoare reală. Doar vorbe, Adam! Doar vorbe ce, uneori, ne orbesc. De fapt, încrederea noastră în cei din fața noastră ne orbește.

- Dar …

- Te rog, oprește-te din a te mai justifica! Orice cuvinte ai folosi, oricât de sincere ar fi ele acum, nu le mai pot crede. Ai avut încrederea mea și te-ai jucat cu ea. Ai călcat-o în picioare. A fost alegerea ta și ar trebui să ți-o asumi. Repet, drumurile noastre se despart aici, fără alte posibilități de a se întâlni cândva.

- De unde știi că nu se vor mai întâlni? o întreb, cu o ultimă urmă de speranță în glas.

- Știu pentru că mă cunosc. Știu pentru că nu voi mai putea avea încredere într-un om care m-a mințit. Nu voi avea încredere nici mâine, nici peste zece ani, oricât de mult s-ar schimba cel din fața mea. Poate greșesc, dar am să-mi asum eu acest risc. A mai rămas ceva nespus?

- Nu…

- Foarte bine! Îți doresc să ai o viață fericită și sper să fi învățat ceva din această experiență.

Fără să mai spună altceva, a ieșit din clasă și a lăsat în urma ei un individ gol. Nu, în niciun caz nu o pot acuza de ceva. Singurul acuzat în acest lung proces de conștiință sunt eu alături de faptele mele. Mi-a dat sufletul și i l-am scăpat din mâini, într-un mod conștient și inconștient în același timp. Știam că nu este bine s-o înșel, dar eram inconștient că mă va durea așa tare.

Am rămas în clasă. Simțeam că m-am aruncat în brațele răului singur, că mi-am furat singur șansa la fericire, că mi-am dat singur o lecție. Și ce mai lecție! Habar nu aveam încotro să apuc. Chiar și după ce mi-am văzut șansele de a o recâștiga ruinate, eram mai hotărât decât înainte s-o fac. Simțeam că fata asta înseamnă pentru mine mai mult decât toate celelalte din liceu adunate la un loc. Trebuie să existe o cale de împăcare! În cele din urmă, mă ridic de pe scaun și mă duc sus, unde erau dormitoarele noastre. Ajuns în cameră, m-am pus să dorm vreo două ore, care, pe nesimțite, au devenit de vreo șase ori mai multe, căci m-am trezit la cinci dimineața.

Mă hotărâsem să-i cumpăr un buchet de trandafiri. Și-o Milka, știind că sigur iubește măcar acea ciocolată. Așadar, după orele de curs, am ieșit în oraș să îi cumpăr micile atenții cu care speram să o mai îmbunez. Când m-am întors, am trecut pe la clasa ei și i le-am lăsat în bancă, profitând că nu era nimeni de față. Ah, i-am mai scris pe-un bilet că-mi pare rău de cele întâmplate. Tot ce-mi rămăsese de făcut era să aștept un semn din partea ei. Cred că ar fi fost bună și o înjurătură, să fiu sincer.

Până pe seară, telefonul meu nu i-a afișat numele pe ecran. Însă, când credeam că acesta va fi finalul zilei, mă sună Andrada.

- Adam, ia florile și dă-i-le Alexandrei. Și cu ciocolata să faci la fel. Sunt tot acolo unde le-ai lăsat. Crezi că mă înduplеci cu niște căcaturi? Prostule, nicio floare și nici măcar ciocolata mea preferată nu va putea să rezolve ceea ce tu ai făcut atât de senin – să-i calci în picioare sufletul unui om pentru care însemnai totul.

- Dar ...

- Îți spun eu: nu vei reuși! Pentru mine, capitolul nostru s-a încheiat și așa va rămâne. Odată pentru totdeauna! Pricepi? Dacă nu, îți voi desena, cât să mă asigur că m-am făcut înțeleasă.

- Bine...

Mi-a închis telefonul în nas. Iar eu reîncepeam să mă simt pierdut. Să renunț sau să continui? Dacă voi continua și o voi îndepărta și mai mult?

Poate e mai bine să îi las o pauză care să liniștească apele. Neavând alte opțiuni, am ales să îi dau spațiul de care, probabil, avea nevoie. Măcar o vreme, după care să încerc să-i vorbesc.

Timp de-o săptămână nu i-am scris nimic, n-am încercat s-o abordez și nici măcar nu am privit-o când am avut ocazia. Până în seara în care mă hotărâsem să-i scriu, credeam că nu e pierdut chiar totul între noi doi. Credeam, în prostia mea, că iubirea chiar rezolvă sau, cel puțin, simplifică treburile dintre doi oameni.

- Ce faci, frăție? mă întreabă Ionuț, un coleg cu care mă înțelegeam bine.

- Îi scriu Andradei.

- Tu nu știi noutatea? părea surprins.

- Ce ar trebui să știu?

- Nu cred! Ea este împreună cu unul de-a 12-a. Cred că mai bine ai lăsa-o în pace. Se pare că deja a ales ce vrea și cred că n-ar fi bine să te mai bagi. Adică, pun pariu cu tine, degeaba vei încerca să vorbești cu ea, pentru că nu te va băga în seamă.

- Ok, mulțumesc frumos pentru informație!

- Pentru puțin! Sunt aici dacă ai nevoie de ceva. Hai, fii bărbat!

Cum adică era cu altul?! În capul meu, haosul ăla mic, negura ce mi-a cuprins circumvoluțiunile, s-a transformat într-un haos generalizat și într-o beznă apăsătoare. Simțeam că-mi fuge pământul de sub picioare! Trebuia să-i scriu! Știam eu că nu trebuia s-o ignor! Prost am fost! Futu-i morții ei de treabă! Eu ce dracului fac acum?

Aaaaaa! Îmi venea să strig cât pot de tare, să mă tăvălesc pe jos ca un nebun, dar nu eram singur și n-aș fi vrut să-mi oblig colegii să suporte o astfel de scenă.

*Gândește, Adam! Gândește în pizda mă-tii de idiot! Ce soluții ai? Niciuna! Ce surpriză! Pur și simplu, ai pierdut-o! Bravo, coane! Poate că ar trebui să accepți lucrul acesta și să te oprești din a mai căuta soluții pentru a reîncălzi ceea ce, cândva, îți încălzea ție întreaga ființă.*

M-am pus în pat, ostenit de disperare. Am pierdut, în proporție de 99,99%, fata pe care sufletul o cerea ca un nebun, dar mintea a ignorat total ceea ce simțeam. Vezi tu, când te joci cu focul, de cele mai multe ori, te arzi.

*Dar dacă există vreo cale să o recuceresc și încă nu o văd eu?*

Am decis să îmi aloc atât timp cât va fi nevoie pentru a găsi o soluție și să o am, din nou, la braț pe fata care mi-a dat toată ființa peste cap și pe care am dezamăgit-o crunt, fără să clipesc. Recunosc, dacă aș fi în locul ei, nu mi-aș mai da nicio șansă. Dar cum nu sunt în locul ei, încă sper să o pot reîntoarce din drumul destul de hotărât ce nu mă include și pe mine.

Stăteam în pat și priveam tavanul ce era ca un ecran pe care se proiectau toate clipele noastre, toate atingerile, toate cele întâmplate. Eram inert, și mă simțeam gol pe interior. Dacă ar fi fost un film, ar fi fost o dramă genială, cu reale șanse să câștige premii Oscar pentru cel mai bun actor și cea mai bună actriță. În fine, momentan mi-aș acorda doar trofeul de „Prostul Deceniului". Sau poate doar că sunt prea dur cu mine și ar trebui să consider că din astfel de greșeli voi învăța pe viitor.

Da, așa este, lumea nu se termină la ea. Nici la mine. Pentru amândoi, la un moment dat, vor apărea persoanele potrivite, cele cărora le vom da tot și ne vor oferi tot.

Am pierdut-o pe Andrada. Inutil, dar sper ca după această întâmplare să regăsesc un început de bărbat care se dezvoltă în sinea mea.

---

**DĂ-LE OAMENILOR TIMP. DĂ-LE SPAȚIU. NU TE RUGA DE EI PENTRU A RĂMÂNE. LASĂ-I SĂ CUTREIERE. CINE ESTE FĂCUT PENTRU TINE TE VA GĂSI!**

---

## Final de volum și câteva precizări:

*Mi-am dat seama că doar pierzând ceva sau pe cineva drag înveți ceva din tot ce se întâmplă în viața ta. Dacă omul nu ar pierde, nu cred că ar mai ști să aprecieze ceea ce va urma.*

*Am să scurtez – n-am reușit să o recâștig, iar ea a rămas cu acel băiat o bună perioadă de vreme. Nu știu dacă astăzi mai sunt sau nu împreună.*

*Am să sar peste perioada liceului, căci nu s-a mai întâmplat nimic fenomenal, ci doar relații banale, de scurtă durată. De cele mai multe ori, eu am fost cel care a renunțat doar pentru că nu mai aveam chef de cea cu care îmi pierdeam timpul. Și, recunosc, nici nu mă simțeam liniștit să mă atașez. Poate de frică. Nu știu.*

**O SĂ FII FERICIT, DAR, ÎNAINTE DE ASTA, VIAȚA TE VA ÎNVĂȚA SĂ FII PUTERNIC!**

# VOLUMUL II

**UNEORI, DUPĂ GREȘEALA VIEȚII TALE,**
**VINE IUBIREA VIEȚII TALE!**

# Capitolul I

*Punct. Și de la capăt.*

**- CU CE TE ÎMBRACI ASTĂZI, IUBITO?**

**- CU BRAȚELE TALE CĂLDUROASE.**

Tocmai ce am ajuns în Bucureşti. Primul meu contact cu acest oraş şi, de asemenea, primul meu an în calitate de student la Facultatea de Litere. Da, trebuie să recunosc că habar nu am cum de am ales facultatea aceasta, însă am simțit o chemare înspre acest domeniu. Poate că voi muri de foame, poate că voi fi profesor de Limba Română sau poate că voi avea noroc și voi ajunge scriitor.

De fapt, acesta este visul meu - să devin un scriitor cunoscut. Am zis cunoscut, nu apreciat, căci sunt conştient că aprecierile sunt apă de ploaie, în definitiv. Unii te apreciază, alții vor arunca cu tone de rahat în tine, doar pentru că ai succes. Așa-s oamenii - dacă văd că faci ceva util și ai succes, sar pe tine și încearcă să te coboare la nivelul lor. Probabil de ciudă că tu poți, iar ei se luptă să supraviețuiască. **Bine ați venit în mileniul invidiei, dragilor!**

Cobor din tren, trăgând două trolere după mine și mă îndrept spre stația de taxiuri. Am fost informat încă de dinainte, de către un prieten care este deja de doi ani în capitală, să evit nenicii ce zăbovesc pe peroanele gării și care șoptesc „Un taxi, băiatul?”, pentru că mă va durea buzunarul. Așadar, îi refuz pe toți cei trei care m-au abordat în primii 50 de metri și îmi continui hotărât drumul spre taxiurile cu oameni corecți. Mă rog, așa cred eu, că-s corecți.

- Să trăiți! îi spun unui bătrânel situat cu lejeritate după pragul vârstei de 60 de ani.

- Hai salut! îmi răspunde ștrengăresc. Mi-e simpatic.

- Mergeți până în Piața Alba Iulia?

După câteva clipe de ezitare, îmi răspunde:

- Hai că te iau!

Îmi deschide portbagajul, arunc trolerele acolo, mă urc în taxi şi pornesc în prima mea aventură bucureşteană.

- Prima dată în capitală, fecior? mă întreabă în timp ce aşteptăm ca semaforul să se facă verde.

- Da, se citeşte pe faţa mea, nu?

- Da. Şi începe să râdă zgomotos. Dar fii fără grijă, căci eu nu umblu cu şmecherii, continuă el. Sunt unii nemernici care te fură, domnule! Să ai grijă la ei, da? Toată lumea fură-n ţara asta!

- Ok, promit! îi răspund contrariat.

În timp ce ne strecuram printre maşini - trebuie să ştiţi că traficul din Bucureşti este un adevărat coşmar - mă întreabă dacă sunt student. Îi zic că da. Apoi, preţ de vreo cinci minute, tăcerea devine stăpână în Loganul mâncat de timp.

- Şi la ce facultate eşti?

Frate, mi-a pus mai multe întrebări decât mi-au pus ai mei în ultima mea vacanţă de vară din postura de elev. Totuşi, pentru a nu părea nesimţit, îi răspund că sunt la Litere.

- Hmm, la Litere zici? Păi și ce faci tu acolo? continuă el seria întrebărilor menită să descoasă omul.

- Nu știu ce voi face cu exactitate, dar, da, cred și că o să scriu. De fapt, asta vreau să fac o viață întreagă.

- Ce să faci? Să scrii? Adică să fii scriitor? continuă bătrânelul cu ochi albaștri și păr cărunt.

- Da, exact, scriitor.

- Păi, tinere, și de unde ai să faci bani? Tu nu vezi că sunt puțini artiști d-ăștia care câștigă cât să le ajungă? Știu eu cazul unei fete a unui prieten bun de-ai mei. Ea a terminat teatrul sau ceva de genul ăsta. Și are câteva spectacole pe lună, dar câștigă o nimica toată. Nu e treabă cu domeniul ăsta, îți spun eu.

- Îmi asum acest risc, îi răspund pe-un ton hotărât.

- Să-ți ajute Dumnezeu, tinere! Să-ți ajute să fii un scriitor cunoscut! Dar, te rog, să scrii în așa fel încât să vindeci suflete, căci altfel, ce rost au cuvintele?

- ...

- Văd că pari surprins. Te aşteaptai ca un taximetrist să fie încuiat și te înțeleg. Și eu, în locul tău, tot aşa aş fi considerat. Ei bine, mi-a plăcut să citesc de când eram mic. De fapt, și acum, la 65 de ani ai mei, îmi place să citesc și să iubesc, îmi spune zâmbind iar ştregăreşte.

- ... sunt puțin copleșit de cele auzite! Sunteți un om cumsecade! Prima mea interacțiune cu lumea Bucureştiului va fi una pe care mi-o voi aminti cu drag. Mai avem?

- Nu, imediat ajungem. Unde anume să te las?

- Ăăă, am înțeles că este o bancă ING pe undeva pe acolo.

- Da, da, știu unde spui.

Am ajuns în dreptul băncii, opreşte taxiul, iar eu îmi scot portofelul pentru a îi plăti cei 13 lei. Mă refuză și-mi spune să-i țin pentru mine, dar atunci când voi scrie o carte, să-i pomenesc numele. Cristi, așa îl cheamă. Îi mulțumesc, îmi iau frumușel bagajele și îl sun pe proprietarul apartamentului în care urma să locuiesc:

- Alo! Să trăiți! Da, am ajuns. Bine, vă aștept aici.

Venea să mă ia din fața blocului și să mă conducă în ceea ce va urma să fie cuibul meu, oaza mea de liniște și haosul meu în același timp, pentru o perioadă de trei ani.

- Salut, Adam!

- Să trăiți! Mergem? îl întreb nerăbdător.

- Da, haide! Cum a fost drumul până aici?

- Lung. Cred că așa îl pot descrie cel mai bine - lung. După șase ore de stat în tren, dacă mai stăteam încă una, cred că înnebuneam.

- Haha! Și eu aș păți la fel!

Intrăm în scară. Urcăm până la etajul 10, ultimul de altfel. Acolo urma să locuiesc. La 25 de metri deasupra caldarâmului bucureștean.

Apartamentul era unul cu două camere, mobilat modern, căci asta-mi doream. Poate că dau dovadă de snobism, dar, sincer să fiu, puțin îmi pasă. Toate par a fi puse la punct, la o primă vedere. Hah, ia uite, baia are o cadă încăpătoare! Ah, și ce priveliște mi se arată de dincolo de ferestre!

- Dacă ai nevoie de ceva, orice, ai numărul meu. Eu mă retrag acum, poftim cheile și ai grijă de tine!

- Am înțeles. Stați să vă dau banii pentru primele două luni, așa cum am stabilit.

Îi întind omului banii, iar el se face nevăzut. Am rămas singur. Mă încearcă o senzație ciudată, nemaiîntâlnită până acum. Ca și cum aș fi al nimănui. Dar eu am preferat să stau singur decât într-un cămin prăfuit, cu tot felul de specimene de oameni. După cei patru ani de liceu, unde am conviețuit cu tot felul de persoane, mi-am dat seama că, deși mă adaptez la mediu, dacă am și soluția de a sta singur, o voi alege pe asta. Mă uit la bagaje și păreau a cere să fie desfăcute și golite. Futu-i! N-am chef, dar ar fi bine să termin astăzi cu activitățile gospodărești, pentru ca mai apoi să-l sun pe Andrei, tipul care se află de doi ani în

București și de la care știu că trebuie să-i refuz pe taximetriștii care te abordează prin gară, să ieșim la o bere. Așadar, am început să despachetez, iar în două ore toate erau la locul lor. Ce băiat harnic!

Îl sun pe Andrei. A, da, să vă zic de Andrei - el este un tip cu doi ani mai mare decât mine, punctul nostru comun fiind liceul, acolo unde ne-am împrietenit și am ținut legătura și după ce el a plecat la facultate. Acum, el este student la ASE, la Finanțe-Bănci. Mai glumeam cu el și-i spuneam că el va fi tipul cu banii, iar eu cu faima, împreună punând la punct un lanț de cafenele.

- Gata, mă, ai ajuns? mă ia în primire vocea lui groasă de dincolo de telefon, după care se topesc femeile. Mă rog, așa zice el.

- Da, Adam a aterizat în capitală! îi răspund mândru nevoie mare.

- Taci dracului că ai venit cu trenul! Hai, ieșim la o bere?

- Stai să fac și eu un duș și să-mi iau hainele de duminică.

- Bine, sună-mă după ce termini să dai jos mirosul de CFR.

- Hai, pa!

Frate, chiar are dreptate! După ce stai câteva ore bune în trenurile alea jegoase, prinzi miros de CFR. Cred că este în top 10 cele mai nasoale mirosuri.

În jumătate de oră eram gata - îmbrăcat lejer, tricou alb, blugi şi o pereche de tenişi. N-am chef de cămăşi sau alte căcaturi elegante. Uneori, cele mai faine amintiri se întâmplă într-o ținută lejeră. Iar eu am de gând ca în acești trei ani să adun milioane de astfel de amintiri. Gata cu filozofia asta, căci trebuie să-l sun pe Andrei.

- Sunt gata. Unde ne vedem? îl întreb de parcă aş şti Bucureştiul.

- În fața mall-ului, la Unirii. Știi să ajungi?

- Am GPS pe telefon, domnule! Suntem în mileniul trei, ce naiba!

- Bine. Ne vedem acolo în 20 de minute.

- Ok, hai că plec acum!

Închid telefonul, arunc o ultimă privire în oglinda din hol fără vreun scop anume, ci doar ca un gest reflex, apoi pornesc GPS-ul ce-mi spune că am doar un kilometru și puțin până la mall. Hah, chiar stau în buricul capitalei!

În drumul spre locul de întâlnire, încerc să cuprind cumva toată agitația orașului. Oamenii sunt mai grăbiți decât cei cu care eram eu obișnuit. Sunt neatenți, cu ochii în telefon ori cu privirea fixă. Cred că așa arată goana după bani, după faimă, după un viitor strălucit. Sau, de cealaltă parte, poate așa arată lupta pentru supraviețuire. Mereu există și cealaltă față a monedei.

Deși e aproape final de septembrie, în București este foarte cald pentru această perioadă. Cel puțin, în comparație cu zona din care provin. Acolo, toamna și-a intrat în mână și aruncă ploi, vijelii și grade puține. Aici, parcă vara refuză să plece, făcându-i în ciudă toamnei.

Am ajuns în fața mall-ului. Mă uit la ceas și văd că mai am de așteptat vreo cinci minute până la ora stabilită. Mă așez pe-o bancă, îmi aprind o ţigară şi încep să mă gândesc la mine - sunt un tip în vârstă de 19 ani, cu ceva minte, puţin mai frumos decât dracul. Sunt singur, iar, uneori, când nu pot să dorm, inima-mi spune că ar cam trebui să mă ocup şi de ea. De parcă este după mine când mă îndrăgostesc. De parcă aş putea decide la fel de uşor precum îmi aleg hainele când ies în oraş. Când va veni acea femeie care îmi va intra pe sub piele, nu am de unde să ştiu. Într-o zi. Cu soare.

- Saluuuuuuut!

Era Andrei, a cărui prezenţă nu am remarcat-o din cauza gândurilor ce mi se derulau prin cap, abia după ce urlat acel salut.

- Salut, Andrei! Mă bucur să te văd!

- Şi eu mă bucur! Chiar aveam nevoie de-un prieten aici, nu doar de cunoştinţe care, oricum, sunt o grămadă, dar în anumite momente sunt inutile. Ai nevoie de prieteni atunci.

- Ştiu senzaţia. Mai am şi eu vreo doi foşti colegi prin Bucureşti, dar, probabil, ne vom vedea din an în Paşte, căci n-am fost cei mai apropiaţi.

- Lasă că începi facultatea curând și ai să-ți faci cunoștințe suficiente. Nu-mi fac griji de asta când vine vorba de tine.

- Unde mergem? îl întreb dornic de explorat acest oraș.

- Hai în centrul vechi, la o terasă. Cum a fost drumul?

- Lung, bată-l vina! Am crezut că am pornit într-o călătorie în timp. Abia așteptam să ajung!

- Te cred. Apropo, mergem în club astăzi. Pe la 10. Vor mai veni vreo patru colege de-ale mele și încă un coleg.

- Și acum spui, mă?! Eu sunt în tricou, cum să merg așa în club?

- Ho, șefule! Că nu trebuie să te îmbraci ca de nuntă. Ești ok așa, crede-mă. Mergem tot aici, în centru, într-un pub unde este muzică faină.

- Dacă tu spui... dar dacă mă dau afară, îți mut dinții la spate!

- Prietene, CFR-ul ăsta a făcut ceva cu tine! Ce este cu atitudinea asta de spartan?

Începem să râdem și am pornit spre acel local. După vreo zece minute, am ajuns la terasa de care îmi spunea Andrei. Locație frumoasă - canapele (ceea ce mă încântă, nu suport scaunele), muzică faină, prea puțină agitație. Așa evaluez eu un loc.

Avem de pierdut vreo trei ore pe la terase până când vor veni și colegele lui Andrei. De colegul lui, mi se rupe, pentru că voiam să tăvălesc și eu ceva în seara asta. Da, uneori, când vine vorba de sex, bărbații sunt simple animale, având nevoie doar de-o femeie pe gustul lor și consimțământul ei. Sau așa sunt eu, că nu vreau să generalizez aiurea.

După ce ne-a luat ospătărița comanda, Andrei mă întreabă:

- Auzi, Adam, cât plătești chiria acolo? reușind astfel să-mi întrerupă șirul gândurilor.

- Contează?

- Sunt curios, domnule!

- 400 de euro dau, îi răspund eu, știind ce reacție va avea.

- Mamăăă! Mult, domnule, mult! La cămin plăteai vreo 50 de euro. Presupun că ți s-a luat să împarți o cameră cu alți indivizi.

- Da, mi s-a luat. Vreau spațiul meu, vreau liniște, vreau să pot face ce mă taie capul fără să mă gândesc că s-ar putea să deranjez pe cineva.

- Înțeleg. Îi compătimesc pe ai tăi când mă gândesc câți bani trebuie să-ți trimită.

- Da, și eu. Uneori, părinții sunt dispuși să vândă și hainele de pe ei pentru ca odrasla să reușească în viață. Și, tot uneori, odraslele acestea își bat joc de munca părinților lor, li se rupe de sacrificiile acestora, alegând să își rupă capul cu alcool, prin te miri ce club și uitând că mai au și o facultate, iar, mai apoi, un viitor.

- De acord cu tine și da, vei vedea multe astfel de specimene prin Bucureștiul ăsta. Tipi care ori nu termină facultatea, ori degeaba o mai termină, dar sunt seară de seară ori pe aici, prin pub-uri, ori la manele. Și tipe care, după shopping, vin și ele să se distreze, că doar o viață au.

- Mă, să nu înțelegi că eu voi sta în casă, încuiat, rupt de lume. Ba din contră, voi ieși, dar vreau ca toți acești ani în care ai mei se sacrifică să conteze. Că nu-s din familie de burghezi ori mari întreprinzători.

- Înțeleg perfect la ce te referi. Și-ți dau dreptate. Și mie mi-ar fi jenă să le zic alor mei, după trei ani de facultate, că vin acasă pentru că nu mă angajează nimeni ori pentru că, deh, nu mă duc să fac munca de jos, deși adevărul ar fi că nici acolo nu aș face o treabă decentă.

- Aha, așa gândesc și eu.

- Scuză-mă o clipă. Mă sună Alexandra.

Apoi, cât timp vorbește la telefon, privesc la o tipă aflată la două mese distanță de noi. Era cu iubitul ei - ea, probabil, călărea Facebook-ul, el de asemenea. Ce imagine dezolantă! Să fiți împreună, dar separați în același timp. Oare câtă rutină o zace în viața celor doi dacă și atunci când ies la un vin, își petrec timpul belindu-și ochii în ecranele acelea? Și dacă este rutină, de ce nu faci ceva să scapi de ea? Mă rog, nu e treaba mea, doar că eu n-aş putea avea aşa ceva. N-aş fi fericit.

- Gata, scuză-mă. Era Alexandra, una dintre tipele de care-ți spuneam că vor veni. Și am o veste bună - vor ajunge puțin mai repede, ceea ce chiar mă surprinde având în vedere că, de obicei, femeile întârzie. Ah, de fapt, două veşti - nu mai vine Cornel, tipul de care-ți spuneam că ni se va alătura.

- Aha, super! îi răspund absent, gândindu-mă la cuplul din fața noastră care continua să butoneze micul și fără-de-care-nu-am-putea-trăi dispozitiv.

- Te preocupă ceva, amice?

- Nu, nu. Mă uitam la cei doi și la cum își petrec chiar și timpul în oraş stând cu ochii în telefon și mă gândeam oare cum ajung oamenii să se respingă inconștient.

- Poate au treabă, n-ai de unde să știi!

- Zece minute încontinuu, fără să fi schimbat măcar o vorbă? Mi-e greu să cred, dar, da, poate fi o explicație. Și m-aș bucura dacă chiar asta ar fi explicația. În cât timp vin fetele?

- Jumătate de oră. Ești nerăbdător?

A început să râdă. Da, eram nerăbdător, pentru că speram să găsesc pe cineva disponibil să împărțim patul. Măcar o seară. Ar fi fost un mod ideal de a îmi începe viața în capitală. Am vorbit despre facultatea lui, despre viața în București, despre ce merită și ce nu văzut pe aici, despre localuri faine, despre cluburi unde nopțile devin amintiri de neuitat.

- Ah, iată-le că vin! îmi spune Andrei, întrerupând conversația noastră.

Îmi îndrept privirea spre locul de unde veneau cele două tipe când, deodată, simt că îmi cade cerul în cap. Dintre cele două, una îmi era extrem de familiară. Foarte familiară. Habar nu am ce să fac, mintea, oricât s-ar chinui, nu găsește soluții optime pentru situația de față. Da, Alexandra cu care a vorbit el la telefon este aceeași Alexandra cu care eu am înșelat-o pe Andrada, acum ceva vreme. Aceeași Alexandra cu care eu nu am mai schimbat o vorbă de la acea întâmplare. Era o întâlnire de gradul zero, căci întâlnirea ce ar trebui să aibă loc într-un mediu amical, s-ar putea transforma în orice clipă într-un veritabil câmp de luptă.

După ce au ajuns la masa noastră, Andrei începe să facă prezentările:

- Adam, pe Alexandra s-ar putea să o cunoști din liceu. Alexandra, și tu s-ar putea să-l cunoști din liceu.

Tăcere. Eu mormăi un „da, da, o știu". O privesc și observ că și ea este cel puțin la fel de surprinsă ca și mine. Îmi întinde mâna, o întind și eu:

- Încântată de cunoștință, Adam! îmi spune ca și cum ar fi prima noastră interacțiune.

- Încântat și eu!

Mă întrebam de ce a ales să se comporte așa. Adică, oricum, mai bine așa decât să fi dat în vileag totul și să transformăm ieșirea într-o telenovelă ieftină. Prietenul meu nu știa întreaga poveste petrecută acum aproape patru ani.

Andrei continuă, asemenea unui maestru de ceremonii, prezentările:

- De asemenea, Adam, ea este Iulia. Iulia, Adam!

Repetăm faza cu încântatul de cunoștință, iar ele se așează la masă. Iulia se așează lângă Andrei, în timp ce, printr-o glumă a sorții, Alexandra se așează lângă mine. Cred că de-o parte a mesei erau doi oameni relaxați - Andrei și Iulia - iar de cealaltă parte doi tensionați. Însă nu știu cât de vizibil era acest lucru. Cert este că devenisem agitat în sinea mea și nu mă simțeam deloc confortabil.

- Ce faceți? sparge Andrei tăcerea.

- Bine, profităm de zilele astea, până când începe facultatea, pentru că atunci vom avea doar weekend-urile la dispoziție pentru a ne relaxa.

- Sunteți fete conștiincioase. Știam eu! răspunde Andrei, după care începe să râdă. Mie mi s-a părut o glumă extrem de nereușită. Poate pentru că tot ceea ce voiam era să dispar de la masă.

- Voi ce faceți? întreabă, la rândul ei, Iulia.

- Îl acomodez pe Adam cu orașul, răspunde Andrei, având un zâmbet cât China pe față. Un zâmbet pe care noi, bărbații, îl mai folosim când vrem să ne transmitem unul altuia că vom face sex deseară. Sau, în fine, credem noi că vom reuși să facem.

Eu și Alexandra eram muți. De uimire, de disperare, de jenă (cazul meu), de furie (cazul ei). Și Andrei a observat asta, căci ne-a întrebat dacă ne-am înghițit limba.

- Nu, mă, ce ai? îl întreb eu.

- Mă, voi vă placeți, te pomeni? Așa, la prima vedere.

„Idiotule! Cum morții mă-sii să tăcem ca muții dacă ne placem? Am vorbi, nu? Am încerca să-l impresionăm pe celălalt, nu? Ah, Andrei, te rog din suflet să taci" - îmi spun pentru mine.

- Te înșeli! răspunde Alexandra. Mă știi pe mine să mă îndrăgostesc la prima vedere, măi, Andrei? Termină cu glumele astea proaste!

„Da, te știu eu, Alexandra! Da, îmi aduc aminte cum m-ai chemat să-mi spui că ești în limbă după mine și că ai vrea să ne-o tragem. Dar tac, căci am și eu păcatele mele" - gândesc eu.

- Gata, fata mea, gata! Calm! Iartă-mă că nu am glumele bune la mine. Încercam doar să destind atmosfera, din moment ce sunt singurul punct comun dintre voi.

Ospătărița brunetă cu niște ochi verzi foarte frumoși a salvat ceea ce putea deveni o chestie cel puțin penibilă când le-a întrebat pe fete ce vor. I-am mai cerut și eu un Long Island, căci simțeam nevoia să-mi anesteziez cumva starea. Ah, nu, nu-mi ajunge un pahar, dar trebuie să încep de undeva, nu?

- Unde mergem să ne distrăm în seara asta? întreabă Iulia.

Evident că eu sunt pe lângă conversație, așadar Andrei răspunde și-n locul meu:

- EraAge? Ce spuneți, fetelor?

- Nu, pentru că acolo e mai mereu multă lume și mai mult ne călcăm pe picioare decât să dansăm liniștiți.

- Peste tot este plin de lume, Iulia! Ai uitat că ne aflăm în centrul vechi, locul unde, în weekend, lumea se calcă pe picioare mai ceva ca la moaște?

- Nu chiar peste tot. Uite, putem merge în DAMON dacă sunteți și voi de acord. Acolo este mai aerisit puțin. Și luăm și masă pentru a ne asigura că nu vom fi deranjați prea tare de puhoiul de petrecăreți. Deci, ce spuneți?

- Eu sunt de acord, răspunde Alexandra.

Andrei încuviințează din cap că este de acord și el. Părerea mea nu contează, pentru că habar nu am cum este în EraAge, în DAMON sau în alte locații. Și, oricum, erau deja trei împotriva unuia. Sper doar să nu dansez o seară întreagă cu Alexandra, căci cred că ar fi una dintre cele mai ciudate momente din ultima vreme. Deşi, poate, am putea purta o scurtă conversaţie în acele clipe şi poate că am rezolva situaţia ciudată de care vorbesc. Eh, cine ştie ce-o fi? Am o singură viaţă, iar întâmplarea de astăzi este o nimica toată pe lângă ceea ce-mi va rezerva aceasta.

- Ce te aştepţi să găseşti aici, Adam? mă întreabă Iulia, întrerupându-mi-se pentru a mia oară gândurile.

- Aici, unde? În Bucureşti? Hmm, nu ştiu. Cred că …

- Material de futut, răspunde în locul meu Alexandra. Aia se aşteaptă să găsească, îşi spun eu!

Toţi trei au izbucnit în râs, în timp ce eu am schiţat un zâmbet şters. Nu înţeleg de ce oamenii se grăbesc să tragă concluzii despre cei din jurul lor. Mai ales când nu cunosc prea multe despre ceilalţi. Ne trezim vorbind, dându-ne cu părerea doar de dragul de a ne-o expune şi, de cele mai multe ori, greşim enorm.

- Da, chiar asta voiam să spun. Material de satisfăcut nevoi fiziologice. Nimic altceva!

- Nu e cazul să fii ironic, băiete! mi-o taie Alexandra. Am zis ceva greșit?

- Ooo, îmi place! Se încing spiritele! se trezește și Andrei.

- Nu se încinge nimic, Andrei. Încep să-mi placă preconcepțiile. Renunț la subiect, căci deja Alexandra, prin bunăvoința ei, a dat răspunsul mult căutat.

- Glumeam, măi! Am încercat să te tachinez puțin. Nimic mai mult! Jur! încearcă să o dreagă Alexandra.

- Ok, ok! Oricum, ai nimerit-o! Caut să fac sex cu câte zece tipe în fiecare seară.

- Stai liniștit, Adam! Vorbim noi mai târziu despre lucruri de genul, îmi spune Iulia, făcându-mi semn cu ochiul.

- Despre ce mă aștept să găsesc aici sau despre sex? o întreb.

De această dată, toți patru bufnim în râs. Cam gălăgios, căci s-au întors oamenii de la cele două mese din proximitatea noastră. Atmosfera a redevenit amicală, slavă Domnului!

- Tu ce studiezi, Iulia? îi întorc întrebarea.

- Sunt tot la ASE, asemenea lui Andrei, Adam. Marketing studiez, dacă vrei să-ți răspund cu exactitate.

- Îți place? continui eu.

- Nu chiar. Însă cred că sunt în cazul a cel puțin jumătate dintre studenți - facem ceva, doar să avem o facultate, știind că nu vom lucra în domeniul respectiv. Am vrut să intru la Litere, dar am rămas doar la stadiul de vrut, căci nu mi-a surâs norocul la admitere. Tu ce studiezi?

- Deși este ciudat, sunt la Litere.

- Super tare! Bravo! Și care-ți sunt planurile de viitor?

Deja noi doi am monopolizat întâlnirea, fapt ce îmi provoca un ușor disconfort, căci nu-mi place să văd cum doi oameni tac, se holbează la noi și ne ascultă conversația.

- Să devin un scriitor celebru. Deși, cred eu, va fi un drum lung, la finalul căruia s-ar putea să ajung la concluzia că n-am reușit ceea ce mi-am propus inițial. Nu cred că am să pot să scriu asemenea marilor scriitori. Nici măcar pe sfert din cum o făceau ei.

- Adam, dragul meu, nu trebuie să scrii asemenea lor. Scrisul, chiar și cea mai elementară formă, are puterea de a vindeca suflete. Dacă reușești să bucuri un om, să-i oferi un răspuns la una dintre miile de întrebări pe care le are, să-i hrănești mintea, ei bine, atunci scopul tău este atins.

Avea dreptate sau, cel puțin, așa consider eu. Nu voi putea scrie asemenea lui Dostoievski, căci trăim alte vremuri și lumea caută alt stil de scriere, însă, prin scris, pot vindeca sufletele rătăcite. Și, mai cred, scopul meu acesta ar trebui să fie, nu cel de a vinde cât mai mult, de a fi cât mai cunoscut.

Desigur, dacă reuşesc ambele lucruri, atunci este şi mai bine.

Iuliei, drept răspuns, doar i-am zâmbit, transmiţându-i astfel că sunt în totalitate de acord cu ceea ce a spus şi că-i mulţumesc pentru încurajare.

- Hai să mai schimbăm subiectul ăsta, despre cărţi, scris şi alte cele. Mă deprimă.

Evident, ca de fiecare dată, Andrei a încercat să fie amuzant. Cred că ar trebui să-i spun, ca între prieteni buni, că ar fi cazul ori să înveţe nişte glume bune, ori să se abţină din a le face pe cele actuale. În fine, ne-am băut ceea ce am comandat şi ne-am îndreptat spre DAMON. Când am ajuns acolo, am remarcat că este un skybar, unde, deşi era un fel de open space, fumul de ţigară era la el acasă. Muzica era bună, lumea era suficientă, dar măcar nu te călcai pe picioare, ceea ce nouă ne convenea de minune.

## DACĂ VREI O RELAȚIE DE LUNGĂ DURATĂ, URMEAZĂ O REGULĂ SIMPLĂ: NU MINȚI!

Spre surprinderea mea, Iulia vine către mine și îmi spune că i-ar plăcea să dansăm împreună, iar cu ocazia asta să mai schimbăm și câteva vorbe, continuând ceea ce am început la localul precedent. Accept, căci asta înseamnă să nu am de-a face cu Alexandra. Sau, mă rog, asta sper eu să însemne.

Iulia este o tipă destul de înaltă, undeva între 1,70 și 1,75, cu niște ochi verzi în care, dacă nu ești atent, te poți pierde cu ușurință. Chipul parcă îi este sculptat de cel mai talentat sculptor, căci nasul, buzele, pomeții erau proporționați perfect, dându-i un aspect angelic. Însă, spre rușinea mea, superficialitatea proprie și-a spus cuvântul - când am văzut-o prima dată, i-am remarcat doar sânii voluptoși ce se ascundeau după o rochie de mătase. Abia apoi am analizat restul aspectelor. Da, în mod paradoxal, prin semi-întuneric i-am putut analiza mult mai bine restul trăsăturilor, nu doar sânii.

- Despre ce ai vrea să fie prima ta carte? mă întreabă, în timp ce trupurile noastre se lăsau în mâinile muzicii.

- Nu știu exact. Despre dragoste, cred. Este un clișeu?

- Nu neapărat. Depinde doar de tine dacă va deveni un clișeu. Depinde doar de modul în care însuflețești paginile aflate între cele două coperți dacă va deveni un clișeu.

- Nu te-ai gândit să mai încerci încă o dată la Litere? Am întrebat-o, căci părea a fi făcută pentru așa ceva.

- Nu, pentru că eu cred că, într-un fel sau altul, destinul meu nu era acolo. Voi afla, probabil, peste o vreme, ce îmi este rezervat.

- N-ai planuri de viitor?

- Nu, eu nu prea îmi fac planuri, Adam! Viitorul niciodată nu este sigur și prefer să trăiesc prezentul, să profit de el cât mai mult. Plus că prefer să nu-mi fac speranțe ce vor muri ziua următoare. Prefer să pipăi viața și asta poți face doar când trăiești prezentul, ignorând trecutul și viitorul.

- Pricep.

- Ți se pare că sunt iresponsabilă, nu? Simt că asta gândești acum.

- Nu, chiar nu. Nu îmi place să judec un om, pentru că deseori mi s-a desmonstrat că m-am înșelat. Și, cred eu, m-am maturizat suficient astfel încât să nu mai fiu tentat să judec deciziile unuia sau ale altuia.

- Mă bucur că ai ajuns la concluzia asta! Ești un tip inteligent, Adam! Viitorul tău sună bine. Simt eu asta!

- Să sperăm că va fi bine pentru toți. Îți mulțumesc pentru vorbele frumoase!

Ne oprim din a vorbi și dansăm. Mâinile mele ar vrea să-i cunoască trupul, fiecare ungher, fiecare rotunjime, fiecare centimentru. Din motive încă inexplicabile, mă simt extrem de atras de femeia din fața mea. Și, de multă vreme, nu am mai avut această senzație. Dansăm îmbrățișați, chiar dacă melodia era o hidoșenie de house. Nimeni sau nimic nu ne putea strica momentul. Trupurile aveau multe de vorbit. Poate, de fapt, trupurile încercau să convingă sufletele să le urmeze exemplul și să înceapă o conversație. Da, între suflete au loc cele mai frumoase și sincere conversații. Ah, cred că dansam în felul acesta de jumătate de oră, ceea ce s-ar putea să ne fi făcut să arătăm ca niște ciudați în ochii celorlalți.

Îi simt respirația pe gâtul meu. Simt cum încet, dar sigur, se îndreaptă spre urechea mea. Când era aproape să ajungă la destinație, vine Andrei și ne strică toată opera noastră mută. Ah, se pare că există cineva care ne poate strica momentul!

- Porumbeilor, haideți să schimbăm locul, pentru că aici a devenit muzica de rahat. Mergem în EraAge.

- Ok, venim și noi acum, îi răspunde Iulia. Apoi, mi-a oferit cel mai frumos zâmbet din câte mi-au fost date să văd până acum. Un zâmbet ce ar putea mişca chiar şi cel mai împietrit suflet.

Am plecat din DAMON întrebându-mă ce s-ar fi întâmplat dacă n-ar fi apărut „Sparge chef"-ul de Andrei. Mă întreb în ce direcţie ar fi evoluat lucrurile între mine şi Iulia, dacă ne-am fi sărutat, dacă am fi ajuns acasă la mine plini de dorinţe ascunse. Gândesc prea departe şi seara încă nu s-a terminat, aşadar ceea ce a început ca un joc în DAMON, poate continua ca o treabă de adulţi la mine acasă. Desigur, cu un ante-preludiu în EraAge. Sau, reversul medaliei, poate deveni un eşec major.

În drumul nostru spre destrăbălare, simt o mâna caldă ce mă ia de mână. Era Iulia. Am privit-o şi, pentru a doua oară în aceeaşi seară, am avut parte de cel mai frumos zâmbet din câte am văzut. Femeia asta este pornită să mă întoarcă pe dos şi, deşi nu cred că ştie, ar reuşi fără prea mari eforturi. Ceea ce simt pentru ea îmi este greu să descriu în cuvinte şi, din experienţă, când nu poţi folosi cuvintele pentru a descrie o stare, înseamnă că ceea ce este între tine și celălalt implică bucăți de suflet. În rest, cei care își pot striga iubirea în gura mare au parte doar de o așa-zisă iubire. Cred cu tărie că sentimentele profunde nu pot fi țipate, ci, cel mult, șoptite în tihnă.

Pe parcursul drumului, niciunul dintre noi doi n-a scos vreun cuvânt, ci ne-am ținut de mână, asemenea a doi copii. Simpla ei atingere mă făcea fericit și mi-a ridicat mari întrebări asupra integrității mele psihice.

Iată-ne ajunși în celebrul EraAge. Aceeași atmosferă ca în DAMON - fum de țigară la greu, la fel de mulți oameni, iar singura diferență era muzica ce, aici, era puțin mai bună. Deși nici eu, nici Iulia, nu cred că aveam vreo problemă cu muzica, căci noi se pare că aveam propria noastră compoziție muzicală. Și, poate, și chimică.

Am fost până la bar cu toții, am dat câte trei shot-uri de tequila peste cap, după care ne-am reîntors la dans. Eu cu Iulia, Andrei cu Alexandra. Mai bine de atât nici că se putea. Dar, ce să vezi, cu siguranță se putea mai rău - și-a făcut apariția

Alexandra care i-a cerut voie Iuliei să danseze puțin cu mine. Mama mă-sii de treabă!

- Ce faci, scumpule? Te simți foarte bine văd! Îți place prietena mea, ă? mă întreabă pe un ton ușor ironic Alexandra.

- Contează? o întreb deranjat.

- Ah, nu! Oare ce-ar zice dacă i-aș povesti ce fel de tip ești, Adam?

- Nu știu, însă cred că ar trebui să îți aduci aminte că asta se întâmpla acum aproximativ patru ani. Omul se mai schimbă, Alexandra! Nu poți pune eticheta după niște greșeli puerile înfăptuite când totul mi se părea o joacă.

- La naiba! Bărbații nu se schimbă când vine vorba de înșelat. Lasă-mă cu vrăjelile astea, căci nu-ți merge cu mine. Nu-s proastă, să știi!

- Ești sigură că nu ești? îi răspund răutăcios.

Se încruntă și îmi spune să ieșim până afară, să discutăm mai pe larg. Deși n-aveam niciun chef, n-am vrut să risc să-mi facă vreo fază de rahat de față cu Iulia, femeia care-mi stârnise interesul într-un mod unic.

- Te ascult! îi spun după ce ajungem în fața localului.

- Nu, nu sunt deloc proastă! Și sunt al naibii de sigură de acest lucru! Bărbații au în ADN să înșele și miile de ani de evoluție nu au stârpit prostia asta.

- Nu pricep cum poți să gândești așa! De parcă i-ai fi luat pe toți la rând, de parcă ai fi vorbit cu toți, de parcă ai ști ce gândesc toți, de parcă ai ști ce fac toți. Cum pula mea poți să tragi o asemenea concluzie când tu ai avut de-a face doar cu 10-15 bărbați? Apropo, o zic cu aproximație.

- Pur și simplu, știu! îmi răspunde punându-și mâinile în șold, asemenea unei mame supărată pe odrasla ei.

- Da, mi-am dat seama că, uneori, voi, femeile, știți tot și nimic. Cred că n-are sens să mai continuăm cu subiectul ăsta, pentru că nu vom ajunge la vreun consens.

- Mai bine așa, că n-aveam chef de explicații!

I-auzi! Tot ea n-avea chef de explicații, după ce s-a avântat cu o idee de-a dreptul tâmpită. Bă, așa nu-mi plac oamenii care scot un căcat pe gură, iar, mai apoi, nu sunt în stare să-l susțină logic. Ăștia sunt aceia pentru care vorbește gura înainte de a se consulta câtuși de puțin cu creierul.

- Mai vrei să-mi spui ceva, Alexandra?

- Da, mai vreau!

Tac, lăsând-o să-și continue ideea. Se uită la mine într-un mod destul de ciudat. Mai că ar vea să mă mănânce. E nebună tipa, îmi zic. Apoi vine lovitura de grație:

- Te plac, Adam! Toată seara am încercat să-mi neg acest sentiment, însă nu am reușit. Întreaga seară am fost cu ochii pe voi și simțeam că gelozia mi se strecoară încet, dar sigur, pe sub piele. Eu l-am trimis pe Andrei să vă strice mica voastră șustă.

Pe-o parte, eram suprins ca, după atâta vreme, ea să mă mai placă. Pe de-alta, dacă n-aș fi avut cei șapte ani de acasă, i-aș fi frecat una peste ochi, pentru că mi-a stricat momentul cu Iulia. Oricum, situația asta, cu Alexandra pe urmele mele, îngreuna tot demersul meu în legătură cu Iulia, căci, cel mai probabil, ar fi băgat râcă între noi individa din fața mea. Deși, de celalaltă parte, dacă este suficient de inteligentă, Iulia va alege să încerce decât să o creadă pe cuvânt.

- Eu nu, îi spun și apoi zâmbesc triumfător.

Ah, da, bărbații rar refuză o tipă care arată de nota 7-8. Da, bărbații, asemenea femeilor, au o scară de la 1-10 pentru orice tipă le iese în cale. Probabil de aici zâmbetul victorios de pe fața mea - am simțit un fel de satisfacție amestecată cu amuzament.

Am intrat înapoi în pub și m-am oprit pentru câteva momente pentru a o putea privi pe Iulia de la distanță. Stătea pe canapea și sorbea dintr-o Vodka RedBull.

A fost de ajuns să o privesc pentru o secundă. Am simțit cum imaginea ei începuse să-mi îmbrățișeze retina, promițând că acolo va rămâne.

Încremenisem. Aveam la câțiva metri de mine, fără dubii, cea mai frumoasă femeie pe care am întâlnit-o până acum.

Se spune că, în viață, lucrurile fulgerătoare ori te distrug, ori te fac cel mai fericit om de pe Pământ.

Cred că am ajuns la mâna destinului, căci tot ceea ce urma să se întâmple cu mine și Iulia, avea să fie voia acestuia. Dacă va fi iubire, doar destinul știe, pentru că dragostea nu o poți planifica după bunul plac, nu o poți prosti ori inventa. Iubirea este rezultatul coliziunii violente a două destine. Cel puțin, așa o văd eu.

Cred că atunci când te îndrăgostești, începi să aduni toate lucrurile nefolositoare și să le scoți afară din suflet. Trebuie să faci loc și cum altfel ai putea? Eu văd îndrăgostirea asta ca pe o curățenie de primăvară a sufletului – scuturi covoarele prăfuite de singurătate, ștergi praful lăsat de fosta sau fostul, speli paharele în care ți-ai înecat amarul, ștergi podeaua de urmele trecutului și deschizi larg ferestrele să intre aer proaspăt. Of,

Iulia, Iulia, ce-mi faci tu mie? Habar nu ai ce ai trezit în mine, femeie!

M-am îndreptat către ea, iar când am ajuns în dreptul ei, n-am apucat să scot niciun cuvânt, căci o aud:

- Mi-ai lipsit! Unde ai fost? mă întreabă, afișând un alt zâmbet specific ei.

- Ți-am lipsit? Cum așa? Abia ne-am cunoscut. Eu știu că lipsa celuilalt se simte abia după o bună vreme petrecută împreună, după ce sentimente profunde au luat naștere între cei doi, îi răspund ridicând sprânceana dreaptă.

- Sau poate că dorul apare chiar și în cazul celor care abia se cunosc. Ai dovezi că nu ar fi așa? îmi dă replica într-un mod ștrengăresc ce m-a făcut s-o plac și mai mult.

- Nu, nu am vreo dovadă.

- Hai să mergem!

- Unde să mergem?

În timp ce am făcut ochii cât cepele, m-am gândit că vrea să mergem la mine. De altfel, ca orice bărbat care ar fi auzit asta din gura unei femei.

- Să ne plimbăm puțin, vine răspunsul.

Recunosc, asta nu mă așteptam să aud. Și nici nu prea îmi doream să aud așa ceva dacă este să fim sinceri până la capăt. De unde dracului să îmi închipui că ea, la ora trei noaptea, vrea să bată străzile astea pline de lume? Eh, îi fac pe plac, căci dacă a fost ceva ce am învățat de-a lungul timpului este că dacă vrei să ai o femeie, trebuie să-i cânți puțin în strună la început.

- Hai! îi spun, încercând să par entuziasmat de ideea ei.

Ne luăm la revedere de la Andrei și Alexandra, însă nu pot să nu remarc privirea Alexandrei plină de dispreț și privirea lui Andrei care spune ceva de genul: „Bravo, coane! Fuți și tu ceva-n seara asta". Așa vorbesc unii bărbați între ei, atunci când se ivește câte-o situație de genul - poate că este prostesc, dar ce să ne faci?

Eh, n-am făcut sex, ci doar ne-am plimbat pe străzi străine pentru amândoi. Mare mirare că nu ne-am pierdut. Am vorbit despre tot felul de lucruri, în mare parte nesemnificative. A fost o plimbare în care ne-am cunoscut în detaliu unul pe celălalt. O plimbare pe care orice cuplu a avut-o înainte de a avea o relație.

Am ajuns în zona unde erau parcate cel puțin 50 de taxiuri și am încercat să găsim un nene care să o ducă acasă fără a o jecmăni. După ce am întrebat vreo cinci minute, spre finalul cozii galbene, am găsit un moșuleț drăguț care a acceptat să o ducă pe aparat.

- Ne vedem! îmi zice, sărutându-mă pe obraz, amenințător de aproape de colțul buzelor. Ah, ce-aș mai fi sărutat-o!

- Sigur! Ai grijă de tine!

Am lăsat-o și m-am pornit spre casă. Locul ce, acum câteva ore, era un furnicar de oameni, acum este pustiu. Nimeni pe drum, vorba piesei. Până acasă m-am gândit doar la Iulia, la ceea ce se întâmplase în DAMON, la atitudinea ei față de mine. Rar se întâmpla ca femeia să dea frâu liber gândurilor ei. De obicei, ele aşteaptă să fie curtate, aşteaptă ca bărbaţii să-şi recunoască intenţiile primii.

Am ajuns acasă. Mă simţeam destul de obosit. Mai mult psihic decât fizic. Nu ştiu de la ce. În fine, dau drumul la apă şi mă bag sub duş. Apoi mă arunc în pat şi adorm în următoarele două minute.

## Capitolul II

*Sex înainte de dragoste sau dragoste înainte de sex?*

**ATUNCI CÂND EA ESTE ȘI FRUMOASĂ, ȘI DEȘTEAPTĂ, TU AR CAM TREBUI SĂ FII BĂRBAT!**

Dimineață, m-am trezit din cauza apelului de la Andrei, care, probabil, nu s-a uitat la ceas să vadă că este doar 9.30.

- Ce vrei? îi răspund, cu o voce semi-răgușită și cu creierul varză. Așa-s eu dimineața, îmi trebuie cel puțin două ore să mă dezmeticesc.

- Cum a fost aseară? Ă? îi aud vocea curioasă de la capătul celălalt.

- Nicicum. N-am făcut nimic. Hai, lasă-mă să dorm!

- Ce prost ești! Tu ai văzut ce bucată este? Hai că vin pe la tine, să bem cafeaua și să te învăț câte ceva despre cum stă treaba cu femeile astea.

- Taci dracului și rămâi la tine acasă! Vreau să dorm!

- Bine, hai, ajung în jumătate de oră.

- Bă, ...

N-am mai apucat să spun ceva, căci deja a închis. N-aveam niciun chef de el, oricât de bun prieten mi-ar fi. Știți și voi senzația aia când n-ai chef de nimeni, ci vrei să fii de unul singur. În fine, doar n-o să-l țin la ușă, nu? Ca atare, mă ridic din pat, mă duc să mă spăl, îmi trag o pereche de pantaloni pe mine, căci nu-l pot primi în costumul lui Adam, chiar dacă eu sunt Adam.

Pun apa pe foc pentru cafea, mă așez pe scaunul de lângă geam și îmi aprind o țigară. Gândul, fără să vreau, îmi fuge la Iulia. Aproape că era un gând obsesiv: ce-o face, ce-o crede, ce se va întâmpla cu noi, ne vom mai vedea - sunt doar câteva chestii ce-mi trec prin cap. Mă simt iar ca la 15 ani, lucru ce-mi displace, într-o oarecare măsură. Ah, că tot vorbeam de obsesie - parcă-i simt parfumul fin și acum. Încurcate sunt căile vieții!

Recunosc, mi-e teamă! Noi, bărbații, ne temem de femeile pe care le dorim. Da, una dintre temerile bărbatului este, paradoxal, chiar femeia. Însă nu orice femeie, să nu ne înțelegem greșit, ci cea pe care ne-o dorim mai mult ca orice, cea care ne-a pus capac şi ne face să fierbem pe interior. Așa cum simțeam eu pentru femeia asta, pentru Iulia. Restul femeilor, fără supărare, sunt doar nişte numere, nişte trofee cu care ne măgulim orgoliul. Deși nu o prea recunoaştem, că doar suntem bărbați, ne tremură chiloţii atunci când suntem pe punctul de a o pierde pe femeia dorită ori de a pierde ocazia de a o avea.

În fine, se pare că Andrei deja este la ușă, căci soneria îi anunță prezența. Pe drumul spre ușă, fără să vreau, mi-am reamintit că n-am niciun chef de el. Îl înjur în gând și îi deschid.

- Hai salut! mă ia el în primire.

- Salut! Ești întreg la cap, prietene? E 10.15 dimineața! îi răspund vizibil iritat de prezența lui.

- Taci naibii! Ai făcut cafea, așadar n-ar strica să-mi torni și mie într-o cană. Că și mie îmi cam cad ochii-n gură după seara trecută.

- Cât ați mai stat? îl întreb, în timp ce-i torn cafea.

- Până la opt și ceva, îmi răspunde cu un zâmbet larg pe chip.

- Și ce dracului ați făcut până la ora aia? Ați stat prin vreo shaormerie?

- Nu, boss! Păi, să vezi... știi că am rămas doar eu cu Alexandra, nu?

- Da, n-am băut atât de mult încât să nu-mi amintesc astfel de detalii.

- Bun, păi partea interesantă este că ea a venit, mai apoi, la mine. Și de aici încolo pricepi tu.

- V-ați futut?! îl întreb plin de uimire și puțină revoltă.

- Da, șefule! Știi cum se mișcă nebuna? Mamăăă! Nu știu unde a învățat mișcările alea, dar, de astăzi, pot spune că este pe locul întâi în topul femeilor care se fut bine și cu care am avut de-a face.

- Înseamnă ori că e prima cu care ți-ai tras-o, ori că ai dat doar de pudice, îi răspund plin de ironie.

- Haha! Amuzantule! Simt că ți-e ciudă pentru că, în cele din urmă, unul dintre noi a ars ceva aseară. Evident, a reușit cel mai șmecher.

Nu simțeam niciun gram de invidie. Simțeam dezgust față de Alexandra, mai ales după ce mi-a spus aseară. Chiar atât de jalnică să fie încât să și-o tragă cu unul dintre prietenii mei, știind sigur că el îmi va spune totul? Oare așa avea ea de gând să-mi atragă atenția? Dacă da, proastă alegere. Aş fi sunat-o și i-aş fi zis că poate lua tot Bucureştiul la rând, pentru că noi doi nu mai avem vreodată vreun drum comun, oricât de scurt ar fi el. Dar m-am abținut să o sun, altfel i-aș fi arătat că îmi pasă câtuși de puțin și n-aș fi vrut să-mi înțeleagă greșit mesajul.

- Super, Andrei! Bravo, mă!

- Dar tu ce ai făcut aseară cu Iulia?

- Ne-am plimbat, am vorbit despre o grămadă de chestii, lucruri de genul.

- Parcă ai fi virgin!

- Andrei, lucrurile nu se termină mereu cu sex, știi? Și, de obicei, lucrurile de durată nu se termină cu sex încă din prima seară. Tu crezi că vei avea o relație cu Alexandra?

- A, nu, Doamne ferește! Cred că-i panaramă tipa.

- Vezi? Indiferent dacă este sau nu o femeie ușoară, noi, bărbații, când reușim să futem din prima seară, căpătăm și un gram de neîncredere în femeile din fața noastră. Ș-atunci, de ce este rău că doar am vorbit?

- Eh, lasă-mă cu filozofiile de dimineață, Adam! Nu mă duce capul la ora asta, așadar fie cum spui tu.

- Merci de înțelegere!

- Ce facem astăzi? mă întreabă plin de entuziasm, de parcă eram pe punctul să plecăm într-o vânătoare de comori.

- Nu știu, eu nu sunt omul care își face planuri de pe o zi pe alta. Mâine începe facultatea, așadar...

- Ahahahahaha! Coane, e facultate, nu clasa a 9-a, când, cu o seară înainte, te băgai la zece în pat pentru a fi fresh a doua zi! Hai să ne distrăm, că doar suntem tineri și, ghici ce? Suntem în capitala distracției!

- Nu știu ce să zic. Am să te anunț în timp util.

- Cam slăbuță cafeaua asta. Se vede că, probabil, e prima dată când faci cafea.

Andrei și remarcile lui. Inconfundabile, de altfel! Da, așa este, prima dată când fierb apă și o arunc peste un amărât de ness. Fuck me!

- Hai, fuguța la tine acasă, Andrei! Am treabăăă!

- Să te masturbezi cu gândul la Iulia, ă? și bufnește în râs.

- Cum de ai ghicit, prietene? Dacă tot insiști să rămâi, poate mi-o faci tu. Ce spui?

- În cazul acesta, plec. Hai, pa pa, ne auzim!

Se pare că a mers tactica. Am rămas singur. Doar eu cu gândurile mele. De fapt, gândurile mele către Iulia. Nu aveam numărul ei de telefon, nu aveam profilul ei de Facebook, nu aveam nimic și abia acum am realizat asta! Singura legătură era Alexandra, însă fie că îi ceream eu (probabil, mă refuza din prima), fie că îi cerea Andrei (probabil că și pe el îl refuza din prima, fiind conștientă că îl cerea pentru mine), n-aveam vreo șansă să-l obțin.

Mă sună tata.

- Ce faci, golane? îi simt vocea plină de entuziasm.

- Așa și așa. Am o dilemă, tată! îi răspund.

- Ce te frământă? vocea lui căpătând o tentă de îngrijorare.

- Tată, ştiu că sunt suficient de mare încât să-mi port singur de grijă, dar de data aceasta prefer să-ți spun prin ce trec. Simt că am nevoie de sfatul tău părintesc, am nevoie să mă ajuţi să găsesc un răspuns.

- Te ascult, doar spune odată! E ceva grav? vocea lui devenind de-a dreptul gravă.

- Cred că m-am îndrăgostit, tată! Și îmi este teamă! Nu m-aş fi temut atât de tare dacă nu aş fi simţit cât de repede îmi acaparează sufletul fata asta. Nu, nu m-aş fi temut absolut deloc dacă sufletul îmi era plin de ea într-un an, dar mie îmi este deja plin după câteva ore. Tată, dacă nu va fi să fie, ce naiba mă fac? Da, știu, sunt bărbat, dar unde scrie că bărbaţii nu au acces la temeri, la momente de nelinişte sufletească, la disperare? Și dacă o să mă vrea doar dimineaţa, să-i fac cafeaua, să o sărut pe frunte, să-i urez să aibă o zi minunantă, iar seara preferă singurătatea? Sau mai rău, pe altul? Ce o să mă fac atunci, tată? Am nevoie de sfatul tău, am nevoie să-mi explici ce trebuie să fac şi chiar dacă doar eu pot decide, nu mi-ar strica puţină îndrumare – aşa ai făcut mereu când mă vedeai descumpănit!

- Mă bucur că nu este altceva mai grav. Înțeleg ce spui, dar chiar așa tare ți-a pus capac fata asta? mă întreabă plin de uimire, știind că eu am mers mai mult din floare-n floare.

- Tată, îmi este de ajuns să mă uit la ea şi simt cum mă topesc, cum genunchii ce pot susţine cele 70 de kilograme nu sunt capabili să susţină două grame de suflet fericit! De fiecare dată când mă gândesc la ea, îmi fuge atât de repede sângele prin vene încât simt că-mi ia foc tot corpul. Ce să mă fac, tată?

El m-a ascultat tăcut, probabil, cu un zâmbet calm pe buze și parcă-i văd ochii lui verzi și vii strălucind a bunătate, apoi mi-a spus:

- Fiule, dacă sufletul este ameţit de parfumul pielii ei, dacă picioarele îţi sunt moi când te gândești la ea, dacă nerăbdarea se cuibăreşte în sufletul tău când te gândești la următoarea voastră întâlnire, dacă inima îţi este o tobă ce cântă simfoniile fericirii, atunci probabil că au apărut sentimentele. Și știu că voi, tinerii, credeți că iubirea vine după un număr fix de zile, dar nu este așa. Iubirea nu o vei întâlni pe toate gardurile, nici la o vârstă anume, nici într-un loc anume – ea vine când vrea, pleacă când vrea şi cine ştie dacă se mai întoarce. Și cred că ştii şi tu asta. Îmbracă-te şi du-te, spune-i ce simţi! Fără frică! O iubire neîmpărtăşită lasă în urmă mai multe regrete decât o iubire încheiată! Nu te speria de ceea ce te face fericit şi nu îţi rupe singur aripile de frica unei căzături urâte – niciodată nu poţi fi sigur de viitor.

- Dar nu am cum să dau de ea, pentru că nu am nici numărul ei de telefon, nici adresă, n-am nimic care să mă ajute să-i spun ceea ce simt.

- Ai răbdare atunci! Dacă este să fie, destinul vă va deschide porțile astfel încât voi să vă întâlniți.

- Bine, tată! Hai că te las, simt nevoia să fiu singur puțin. Îți mulțumesc frumos!

- Sunt aici, în caz că ai nevoie de ceva! Te-am pupat! Te iubesc!

- Și eu te iubesc, pa pa!

I-am închis telefonul și am căutat numărul Alexandrei în agendă. Trebuia să iau problema în propriile mâini, nu doar să aștept ca destinul să se îndure de mine. Evident că nu l-am găsit, pentru că îmi schimbasem telefonul între timp. Ca atare îl sun pe Andrei și-l rog să-mi dea numărul ei de telefon. Se conformează, așadar iată-mă în posesia lui! O sun:

- Alo!

- Bună, Alexandra!

- Bună! Cine ești? mă întreabă cu o iritare evidentă în voce, de parcă am întrerupt-o dintr-o partidă nebună de sex.

- Adam sunt. Să nu cumva să închizi!

- Pentru o secundă, m-am gândit să îți închid. Ce vrei?

- Știu că pare aiurea, dar, te rog, dă-mi și mie numărul de telefon al Iuliei.

- Așa prost ești, mă? Nici măcar un număr de telefon n-ai fost în stare să obții, după ce te-ai plimbat în curul ei o noapte întreagă? Nu ți-l dau, sâc!

- Serios? Hai nu fi…

N-am apucat să termin fraza, pentru că deja ea a închis telefonul. Eram sigur că așa se va întâmpla. Femeile și orgoliile lor! Și mai spun că noi, bărbații, avem un orgoliu mare cât Casa Poporului! Eh, nu am apucat să-mi termin gândurile, când primesc un mesaj:

„Du-te dracului de 0777909876!”. Era de la Alexandra, care s-a îndurat de mine și a trecut peste orgoliu, se pare! Îmi retrag cuvintele despre femei și orgoliu.

Bun, hai să-i scriem, Adam!

„Bună, Iulia! Adam sunt. Poți vorbi?” - cred că a fost cel mai sec mesaj pe care l-am trimis vreodată, dar, în definitiv, ce era să-i spun? Doar nu puteam să-i scriu „Bună, Iulia! Sunt mort după tine și abia aștept să ne futem nebunește!”.

După vreo zece minute, primesc răspuns la mesajul meu: „Hei, bună, Adam! Din păcate, am ceva treabă și nu pot vorbi curând. Ne auzim!”. Ei bine, asta se traduce prin n-am chef de tine acum și probabil că nu voi avea vreodată.

Măcar am încercat. Dacă mă va mai căuta, vom vedea. Dacă nu, am să-mi revin din visarea asta.

Toată ziua am petrecut-o uitându-mă la seriale. Și așteptând un semn de la Iulia. L-am refuzat pe Andrei care m-a invitat la o băută cu prietenii lui. Până la miezul nopții, nu am primit nimic. Îmi spun că este cât se poate de clară treaba - nu vom mai avea de-a face vreodată, aşadar m-am pus să dorm.

A doua zi, am fost la facultate, unde mi-am cunoscut colegii şi colegele. Mă rog, mai multe colege decât colegi. Frate, fetele astea de la Litere sunt bune rău!

Şi a trecut o săptămână în care programul meu a fost simplu - trezit, spălat şi îmbrăcat, drum spre facultate, cursuri, drum spre casă, seriale, câteva telefoane către diverşi amici, seriale, mâncat, fumat, somn. Şi cam aşa au trecut primele cinci zile de facultate. Şi tot aşa a trecut şi weekend-ul, excluzând partea cu facultatea. Mi-am zis că dacă voi fi în Bucureşti, am să ies şi-am să fac, şi-am să dreg. Pe dracu! Eram mai trist decât un pensionar - şi ăla e mai activ decât mine!

**SUNT OAMENI CĂRORA LE SPUI MII DE CUVINTE ȘI NU ÎNȚELEG NIMIC. ȘI OAMENI CĂRORA NU LE SPUI NIMIC, DAR ÎNȚELEG TOTUL DOAR PRIVINDU-TE.**

Respingerea Iuliei m-a dat peste cap. Următoarele două săptămâni au decurs după acelai program, astfel încât Andrei s-a speriat că s-ar putea să mă izolez pentru tot restul vieții în apartamentul meu cu două camere! Așadar, de la el putere, a hotărât să-mi facă o vizită, în pofida insistențelor mele să nu vină. N-am putut să mă înțeleg cu el, firest de altfel, ca atare a trebuit să-l primesc în casă și să-l ascult.

- Bă, tu ești idiot? Ce morții mă-tii stai în casă toată ziua? Ai venit aici să stai între patru pereți? Du-te dracului acasă la tine, că și acolo ai patru pereți și acolo nu mai ești nevoit să plătești chirie. Mă rog, să plătească ai tăi.

- Ai terminat? îl întreb sictirit.

- Nu am terminat! Voi termina când te decizi să profiți de faptul că te afli într-un oraș în care poți găsi zeci, dacă nu chiar sute de modalități de a te distra!

- Andrei, la ce bun să mă distrez dacă mintea îmi este în altă parte? Tu chiar crezi că o distracție de-o seară poate șterge cu buretele toate gândurile mele? Tu crezi că o partidă de sex, oricât de bună ar fi, poate stinge o dorință atât de arzândă? Hai să fim, pentru o secundă, maturi și să nu ne demonstrăm că am trăit degeaba până la vârsta asta!

- Bine, fie! Ai dreptate, dar știi că mi-e greu să recunosc astfel de lucruri. Din orgoliu de bărbat. Bine, și cred că o partidă bună de sex poate șterge orice.

- Te înțeleg, dar, pentru o clipă, nu strică să lăsăm deoparte orgoliul și sexul, și să fim sinceri măcar cu propria persoană dacă celorlalți nu vrem să le arătăm adevăratele trăiri.

- Păi și dacă o vrei atât de tare, de ce nu faci ceva în privința asta? Adică în loc să stai în grota asta cu două camere, nu este mai bine să o chemi la un pahar de ceva?

- Nu-mi răspunde.

- I-ai scris?

- Da, Andrei. Dar nu mi-a mai scris nimic.

- I-ai scris mai mult de un mesaj?

- Doar unul. Nu am vrut să o stresez ori să par disperat.

- Aha! Nu vrei să pari disperat, zici? Păi cum este cu orgoliul despre care-mi spuneai că ar fi bine să fie lăsat deoparte uneori?

- Da, dar nu este același lucru.

- Mă lași? Hai, scrie-i!

- Nu știu dacă …

- Taci, mă, și scrie-i acum! Spune-i ce simți! Nu mai fi pămpălău, pentru că fix din cauza asta vei pierde. Parcă știai lucrurile astea, dar văd că știi doar să le spui altora, nu să le aplici și în cazul tău.

- Şi ce să-i scriu? îl întreb confuz.

- Ahahahahaha! Tu, marele scriitor, nu ştii ce să-i scrii? Păi cred că în acest caz ar fi bine să te laşi de Litere şi să te apuci de Politehnică, de exemplu. Acolo este cu cifre, nu cu litere.

- Nu sunt încă scriitor! Bine, hai, acum că am lămurit problema, mă laşi în pace şi te duci frumuşel la tine acasă?

- Nu! Până nu-i scrii, să văd eu, nu plec de aici.

- Bine, mă, scaiete! Priveşte!

„Bună, Iulia! Am aşteptat un semn de la tine, însă cred că te-ai luat cu altele şi ai uitat. Ce zici, ieşim la un pahar de vin?”. Concomitent cu apăsarea butonului „Trimitere”, Andrei a izbucnit într-un râs isteric. Văzându-mi privirea contrariată şi după ce s-a mai liniştit astfel încât să poate vorbi, mi-a răspuns:

- Ce texte de doi lei ai! Ahahahahaha! Credeam că eşti mai bun la cuvinte, dar se pare că mă înşelam amarnic.

N-am apucat să-i răspund, căci am primit mesajul mult aşteptat.

„Îmi cer mii de scuze! Am uitat. Desigur că ne vedem! Eu sunt liberă astăzi, de exemplu. Ce spui?”.

- Na, fraiere! Mi-a răspuns! Hai, fuguța acasă și lasă-mă să mă pregătesc!

- Fără mine ai redeveni virgin, amice! Baftă!

A plecat tâmpitul, iar liniştea a revenit în preajma mea. Însă ceva nu-mi dădea pace - cum să uiți dacă îți pasă câtuși de puțin de un om? Adică eu nu aş putea să uit de cineva de care îmi pasă. Poate că nu or fi toți ca mine, însă mi se pare penibil să spui că te-ai luat cu altele și ai uitat. În fine, vom vedea ce se va întâmpla astăzi.

„Da, este perfect astăzi. Unde vrei să ne vedem?” îi răspund la mesaj.

„La mine sau la tine.” vine replica. Și, în următorul moment, simt cum mă cuprinde o bucurie de nedescris.

„La mine.” îi scriu.

„Perfect! La ora 20 este ok pentru tine?”

„Da, uite adresa: Piața Alba Iulia, nr. 8, bloc 17, etaj 10, apartamentul 60. Iau eu vinul.”.

„Perfect! Sunt acolo la 20. Te pup!”

Mai aveam două ore și un sfert până când femeia la care m-am gândit în ultimele două săptămâni va păși în apartamentul meu. Evident, este cam dezastru în casă - ca în orice apartament în care trăiește un băiat. Mă apuc să strâng, să șterg pe ici, pe colo - mi-a luat o oră jumătate să fac apartamentul să arate cât de cât decent. Dau o fugă la magazinul de la parterul blocului, iau două sticle de Purcari Roșu Sec. Ajuns acasă, le arunc în frigider și pe mine mă arunc sub duș.

19.55. O aștept așa cum așteaptă un copil Crăciunul. Sunt în bucătărie, cu ochii pe geam și țigara în gură. Sunt puțin stresat, deși nu-mi pot explica de ce. Vreau ca întâlnirea să decurgă bine, nu-mi permit să fac vreun pas greșit. Asta simt.

Ora 20.05 mă găsește în aceeași poziție, cu speranța încă întreagă că va apărea la ușa mea. Eh, fetele întârzie de obicei, îmi spun. Nu-mi fac griji!

Ora 20.30 mă găsește tot pe geam, având în minus patru țigări. Speranța începe să mă părăsească. Probabil că nu va veni. Ironic, îmi spun că probabil iar a uitat. Nu-i dau mesaj, căci asta chiar ar însemna să devin un disperat. Și nu, nu vreau să fiu așa ceva, nici în ruptul capului. Desigur, vorbea orgoliul masculin, cel care ne ține, uneori, la suprafață.

20.55. Bate cineva la ușă. Mă reped la ușă, deschid, iar de partea cealaltă a pragului văd cea mai frumoasă femeie pe care am întâlnit-o până atunci. Iulia era îmbrăcată într-o pereche de pantaloni scurți, un tricou alb prin care i se vedeau sânii și un cardigan negru, iar un strat fin de machiaj îi acoperea chipul. Nimic special, însă pentru mine era cea mai frumoasă femeie din câte mi-au fost date să întâlnesc. Ce să-i faci sufletului când el așa vrea să privească omul din fața ta?

- Bună, Adam! Pot intra? mă întreabă râzând.

- A, da, da, desigur, îi răspund eu după ce mă trezesc din visare. Scuze, eram puțin cam captivat.

- Am observat. E-n regulă!

O invit în sufragerie. Și, la dracu', și-a scos cardiganul, lăsându-și sânii să mă privească într-un mod total neadecvat, prin materialul acela subțire al tricoului. Da, am o fixație cu sânii femeilor, recunosc.

- Ce îți aduc de băut? o întreb cu privirea pe jumătate ațintită spre bustul ei generos.

- Am zis că bem vin, nu?

- Așa este. Scuză-mă două secunde, mă duc să torn în pahare.

Ajuns în bucătărie, scot sticla din frigider, o desfac și torn în pahare. În același timp, mă gândesc cum ar arăta femeia asta în patul meu. Mi-am scuturat capul cât să alung, pentru moment, astfel de gânduri. Adam, de data asta poate ar fi bine să începi să gândești și cu creierul, nu doar cu penisul, spuse vocea din capul meu. Și nu spunea deloc rău.

Revin în sufragerie, îi ofer paharul de vin, mă așez pe canapea lângă ea, timp în care îndreaptă spre mine paharul:

- Pentru noi! spune.

Rămân prost. Cum adică pentru noi când „noi" încă nu există? Ce vrea să spună?

- Pentru noi, îi răspund, intrând în jocul ei și urmând să aflu răspunsul mai târziu.

- Ce ai mai făcut? mă întreabă afișând același zâmbet senin ca cel din seara în care ne-am cunoscut.

- Nimic special. Am fost la facultate, mi-am cunoscut colegii, pe-acasă, am mai ieșit prin oraș cu băieții. Tu?

Da, am mințit-o, căci nu era să-i spun că am stat acasă și m-am gândit la ea, nefiind în stare să îi mai dau un amărât de mesaj. Nu am vrut să-i spun că mi-am înmormântat bărbăția și că, pentru două săptămâni, am ținut doliu.

- Cam la fel și eu - facultate, acasă, seriale, mi-am căutat job.

- Şi ai găsit ceva care să-ţi placă?

- Nu, n-am găsit ceva care să mă atragă. Mai caut. Aş vrea să-i scutesc pe ai mei de la a îmi trimite bani, căci ştiu că le este greu şi lor.

- Frumos din partea ta, răspund în timp ce mă gândesc la cât de lepră pot fi eu. Iulia, trebuie să-ţi spun ceva!

- Te ascult!

- Te plac! şi uite aşa am scos porumbelul pe gură, poate că prea devreme.

- Ştiu. Te simt. Femeile îşi dau seama când sunt plăcute într-un mod sincer, fără intenţii ascunse, şi când sunt plăcute doar pentru a fi folosite la satisfacerea unor nevoi. Mă rog, cele câtuşi de puţin inteligente îşi dau seama de acest lucru. Restul, sunt ca nişte curci plouate care habar nu au ce este cu ele.

- Păi şi bărbaţii simt când sunt plăcuţi, îi dau eu replica.

- Da? Păi şi tu ce simţi, de exemplu?

Ce să-i spun? Că de simțit, simțeam că o cam doare-n fund de mine, oricât de frumos mi-ar fi zâmbit ea. Să o mint pentru a doua oară și să joc la cacialma, spunându-i că simt că mă place? Da, așa fac.

- Că mă placi. Asta simt.

- Ești amuzant! Slăbuțe simțuri mai aveți voi, bărbații.

Băga-mi-aș! Am jucat extrem de prost cartea asta. Încă o dată mi se demonstrează că adevărul este mult mai bun decât minciunile, fie ele și nevinovate.

- Se mai întâmplă să fie stricați senzorii, ce pot să spun.

- Pricep, îmi spuse râzând.

Era clar că exista ceva la mijloc și că nu greșisem foarte tare când am spus că mă place. Însă, poate, dintr-o dorință de a nu da cărțile pe față încă de la primul joc, încearcă să păstreze distanța, mințind și ea.

- Vreau să te întreb ceva, Adam! Ce este dragostea pentru tine? Cum o vezi?

- Ce este pentru mine? Cea mai frumoasă întâmplare din viața unui om, îi răspund, spunându-mi că a evoluat brusc discuția înspre chestii serioase.

- Frumos, îmi place cum vezi lucrurile.

Eu nu înțeleg de ce unele femei simt nevoia de a întreba bărbatul cum vede el dragostea. Nu este prima tipă care îmi pune întrebarea asta. De parcă dacă cineva ar crede că dragostea înseamnă doar futai zi-noapte, va răspunde sincer la întrebare! Cu toții putem minți ușor, mai ales când e vorba de discuții din acestea de-o filozofie siropoasă. Să fim serioși, nu ne-am născut ieri! Desigur, i-am răspuns sincer, căci eu chiar consider că atunci când te lovește dragostea, este cea mai frumoasă întâmplare, pentru că, din ea, vin restul bucuriilor.

- Acum e rândul meu să-ți spun ceva, Adam!

- Spune.

- N-am fost sinceră față de tine prima dată când ne-am văzut. De fapt, am omis voit un anumit aspect.

- Ce aspect? o întreb extrem de curios.

- Pe atunci, aveam iubit. Însă, te rog, nu te supăra. Doar ascultă-mă!

- Ok, fie. Continuă.

Da, simțeam că omisiunea aceasta mă deranja. Era un aspect destul de important, zic eu. Și, evident, ca orice alt om, ce mă determină să nu cred că va face același lucru cu un alt tip în cazul în care noi doi vom fi împreună? Când pornești încă de la început cu puncte minus la încredere, este cam greu să construiești ceva care să dureze. Dar, în fine, eram dispus să-i aud povestea pentru a fi sigur că voi lua decizia corectă.

- Între noi nu mai mergea treaba. Ne-am răcit, ne-am distanțat unul de celălalt, dar, dintr-o comoditate greu de explicat, am fost de acord, tacit, să lăsăm relația să se destrame de la sine. Da, poate că am fost laşi, proşti, iresponsabili ori leneși. Eu una îmi asum acest lucru.

- Ok...

- Stai, n-am terminat! În seara aceea, te-am întânit pe tine. Tu ai fost scânteia ce a aprins focul ce a ars definitiv fosta mea relație. Tu ai fost motivul pentru care eu am găsit puterea de a mă trezi din adormire şi a realiza că trebuie să-mi strâng lucrurile şi să ies din viața acelui om.

- Ce telenovelă! îi răspund vizibil deranjat de omisiunea ei.

- Te rog, nu mă trata aşa! Da, te-am plăcut încă din prima clipă. Tot ceea ce s-a întâmplat între noi în acea seară a fost real, a venit din suflet. Eu eram scufundată sub apă, stând să mă înec, iar tu ai fost ca o gură de oxigen ce m-a ajutat să îmi găsesc puterea să ies la suprafață. Nu, nu te mint, însă ai dreptul să crezi orice vrei tu.

- Bine, să zicem că te cred. De ce nu mi-ai mai dat niciun semn în ultimele două săptămâni? Cum ai putut să uiți de mine când spui că, vezi Doamne, am fost cerul și pământul pentru tine? Mi se pare că nu prea se potrivește ceea ce spui că ai simțit cu modul în care te-ai comportat.

- Nu ți-am scris pentru că am vrut să închei relația așa cum se cuvine. Totuși, după trei ani petrecuți împreună, nu puteam să fiu o nenorocită și să plec fără să schimbăm câteva cuvinte înainte. Ție, după atât timp, ți-ar plăcea ca femeia să plece, pur și simplu, fără să-ți spună ceva?

- Nu, recunosc, nu mi-ar plăcea.

- Vezi! Și da, acum câteva zile am încheiat definitiv tot ce am avut. Amândoi am înțeles și am căzut de acord că nu mai este cazul să formăm un cuplu. Și da, tot de acum câteva zile, m-am tot gândit să-ți scriu, însă mă simțeam mult prea vinovată. Plus că m-am gândit că deja m-ai șters din memorie. Am așteptat, deși poate părea pueril, un semn din partea ta. Și îți mulțumesc că mi l-ai dat!

- Aha...

- Adam, te plac! Și da, nu te-au înșelat simțurile!

Știam eu că este ceva la mijloc! Însă nu puteam vedea venind una ca asta. Mă simțeam trădat, deși nu ne lega nimic. Însă, cred eu, pe mine m-au legat acele câteva zeci de minute din DAMON, timp în care am stat îmbrățișați, uitând de lumea din jurul nostru. De aici, probabil, senzația de trădare. Cred că nu ai nevoie de o legătură extrem de puternică cu un om, pentru a simți că ești trădat. Cred că este suficient să simți, în adâncul sufletului, o mică scânteie față de cel din fața ta, iar, în acest caz, o mică omisiune pentru a te simți trădat, mințit, tratat cu superficialitate. Mă rog, intrăm în filozofii și acum nu e momentul potrivit.

- Când placi un om, nu-l minți, indiferent de situație. Când placi un om și-ți dorești un început de drum alături de el, primul pas pe care-l faci se numește „sinceritate". Tocmai pentru ca al doilea pas, „încrederea", să-l urmeze pe primul.

- Ai dreptate, însă puteam să-ți ascund și acum aceste lucruri. Acum m-am simțit în stare să-ți spun asta. Acum am simțit că mi-am găsit puterea de a accepta și un refuz din partea ta.

- Aha...

Mă ridic de pe canapea și mă îndrept spre fereastră. Uneori, îmi place să admir capitala de la înălțimea la care locuiesc. Este un peisaj greu de descris - un fel de haos ordonat. Îmi aprind țigara. Am nevoie de câteva momente de singurătate, în care să-mi pun în ordine gândurile.

- Ce faci? o aud.

- Am nevoie de câteva momente, Iulia.

N-a mai zis nimic, ca atare m-a înțeles fără prea multă vorbărie inutilă. De ce naiba mă simt așa? De ce îmi pasă atât de mult că a omis voit faptul că avea un iubit atunci când ne-am văzut? Și, în cele din urmă, contează omisiunea?

N-am răspuns. Mă mulțumesc să privesc în gol și să trag din țigară. Uneori creierului îi ia mai mult timp să accepte ceea ce inima știe deja. Da, nu ascund, inima mea o cerea, însă creierul încerca să o detroneze. Asta este cea mai grea luptă - cea dintre minte și suflet. Uneori, poate fi ucigătoare, oferindu-ți cea mai usturătoare înfrângere. Alteori, îți aduce cea mai frumoasă victorie.

Fără să-mi dau seama, s-a ridicat și a venit spre mine. Îi simt brațele cum îmi înconjoară mijlocul și capul ei cum își face culcuș pe spatele meu. N-am avut puterea de a-i respinge îmbrățișarea, ba chiar am simțit-o ca fiind ceea ce-mi doream în acele momente.

- Sunt aici! Pentru noi, îmi spune cu voce joasă, aproape șoptit.

- Te cred, însă tot mă roade că mi-ai ascuns un lucru, în definitiv, irelevant. În acea seară, simțeam că ne aparținem, indiferent cine ne-ar fi așteptat acasă. Probabil, dacă aș fi avut pe altcineva, aș fi înșelat, indiferent de consecințe. Alături de tine mi-aș fi asumat cele mai mari greșeli.

- Mă bucur să aud asta. Dar, acum, sunt aici. Și nu mai am secrete față de tine. Nu crezi că am putea trece peste acest lucru și să începem ceva frumos, ceva pe care ni-l dorim amândoi?

Nu-i răspund, doar mă întorc înspre ea și, dintr-un singur gest, îi prin capul între palme, îl trag spre mine și îi sărut buzele moi. Îmi doream de mult să fac asta. Îmi urmează modelul, iar buzele noastre devin cele mai fericite din lume, explorându-se unele pe celelalte. După câteva momente bune în care am uitat de restul lucrurilor, ne-am desprins din acea îmbrățișare pătimașă. Ne privim în ochi, fără a ne spune ceva, fără a ne verbaliza stările. Cred că cele mai sincere conversații se poartă între două priviri, nu între două guri.

-Te vreau, îi spun.

- Gând la gând, îmi răspunde cu un zâmbet larg pe chip.

Nu am mai apucat să spun ceva, căci în secunda următoare își aruncă tricoul de pe ea, rămânând doar în pantalonii scurți. Simțeam cum tot sângele din corp se duce înspre un singur organ, cel al plăcerii vinovate. Tot ea îmi scoate și mie tricoul, lipindu-și apoi sânii de pieptul meu - iubesc sentimentul de piele pe piele. Respirația îmi devine alertă. Simţim amândoi momentul. O iau în braţe, o duc în dormitor şi o arunc în pat. Îi scot pantalonii şi bikinii roşii - culoarea păcatului, zic eu. Mă pun peste ea şi-o sărut, de parcă ar fi unicul moment în care aş putea face asta. Îi sărut buzele cu pasiune şi dorinţă arzândă. Îi sărut gâtul, muşcând uşor din loc în loc, timp în care simt că i s-a făcut pielea de găină. Pentru o secundă, ridic privirea şi am în faţa mea tabloul femeii care tremură de dorinţă. Reîntorcându-mă, îi cobor spre sâni - încep cu cel stâng, în timp ce de celălalt se ocupă mâna mea dreaptă. Îi simt sfârcurile întărite sub greutatea buzelor mele. Nu-l omit nici pe cel drept, în timp ce stângul se află sub oblăduirea mâinii mele.

Mă reîntorc şi îi sărut încă o dată buzele. Apoi îmi văd în continuare de treabă - cobor cu săruturile spre abdomen şi mă opresc puţin deasupra locului ce le face pe femei să se simtă fericite. Ştiu că vrea, ştiu că-şi doreşte, însă îmi place să o văd că cere asta. Poate că, pentru unii, este o plăcere ciudată, dar eu aşa sunt construit.

Nu dau totul din prima, ci aştept să-l ceri, după care vedem ce şi cum. Îi simt mâinile în părul meu, ghidându-mă spre locul cald dintre picioarele ei. Ah, draga mea, se pare că ştii ce vrei, fără să te gândeşti prea mult. Hai că-ţi fac pe plac de data asta, căci îmi doresc ca la finalul nopţii acesteia, să te fi simţit aşa cum, probabil, de multă vreme nu te-ai mai simţit.

Îi cobor între picioare, dar, mai întâi, îi sărut interiorul coapselor. Să mai aştepte puţin până când o va inunda plăcerea. Îi aud respiraţia alertă şi ştie şi ea că, în curând, va începe să geamă. Respiraţia asta alertă este un fel de preludiu pentru gemetele ce-o urmează. Hai, Iulia, să-ţi dau ceea ce aştepţi!

Pentru prima dată, clitorisul ei face cunoştinţă cu limba mea, moment în care ea eliberează primul geamăt şi prima zvâcnire. Când lingi o femeie acolo, ar trebui să ştii ce să faci, căci nu orice limbă înseamnă şi un sex oral care să îi ofere momentul mult aşteptat, orgasmul. În timp ce-i ofeream ceea ce am oferit doar altor două tipe, pentru că trebuie să simt să fac asta, o simt cum tremură, așadar sunt pe drumul cel bun. Îi simt, din când în când, mâna ce devine din ce în ce mai înfiptă în părul meu. Pe furiș, o privesc - cu cealaltă mâna își mângâie sânii. Ah, când mă așteptam mai puțin, corpul ei a tresărit violent, iar gemetele au prins viață, devenind mai vocale și mai dese. Îmi place femeia care se află în pragul orgasmului. Dacă aș fi un pictor ori fotograf, aș imortaliza toate aceste momente.

- Gata, nu mai pot, lasă-mă și pe mine, îmi spune gâfâind de parcă ar fi fost la vreun maraton. Și nici n-am început bine, draga mea!

O las să preia conducerea. Mă întind pe spate, iar după câteva momente în care și-a tras sufletul, o simt peste mine. Mă sărută în semn de mulțumire, după care, la rândul ei, începe să-mi descopere corpul, începând cu gâtul și terminând cu ceea ce era deja-n erecție.

Poate că voi fi crucificat pentru ce voi spune, însă cred că trebuie, în primul rând, să fim sinceri față de noi și față de cel cu care ne împărțim nopțile. Față de cel care, fără rețineri, își vâră capul între picioarele voastre, doamnelor și domnișoarelor, și vă face să vă simțiți în al nouălea cer. Noi, bărbații, știm că vă place să fiți răsfățate, să fiți sărutate în zona acea caldă, cea vinovată de toate plăcerile astea carnale.

Dar și nouă ne place când femeia iubită este cu capul la jumătatea corpului nostru, oferindu-ne aceeași plăcere. Trebuie să vă zic faptul că suptul nu este o chestie așa, de făcut ca să fie făcut, ci, în sine, este o tehnică pe care, din experiența mea, nu o stăpânesc foarte multe femei. Dar cum experiența mea nu este una la scară largă, poate că greșesc. În fine…

Din ceea ce am trăit, pot spune că majoritatea dintre femei se rezumă la un du-te-vino din gură, nimic mai mult. Nu, doamnelor și domnișoarelor, treaba nu s-a terminat aici, sexul oral făcut unui bărbat, nu este ca și cum ai suge acadeaua ta preferată. Dacă vrei să-l bucuri pe cel pe care-l iubești ca pe ochii tăi din cap, fă-o responsabil, și înțelege că, dincolo de acel du-te-vino făcut cu gura în formă de O, mai există atingeri, mai exista priviri aruncate acestuia, pentru că da, nouă, bărbaților, ne place să fim priviți când suntem supți. Mai există laterale neglijate, mai există opriri și dezmierdări acolo în vârf, căci, de fapt, aceea este zona cea mai sensibilă. Înțelegeți ce vreau să zic, sunt sigur.

Dacă vă place ca bărbatul să vă ofere plăceri maxime, oferiți-i același lucru. Așa ar fi corect, nu? Fără supărare sau jenă, fără o ipocrizie crasă, sugeți-l cât să-i tremure picioarele. Apoi, fără discuție, puteți spune că v-ați satisfăcut bărbatul.

Haideți să lăsăm deoparte rușinea, pudoarea, doar suntem destul de maturi încât să nu ne mai ascundem după degete.

Iulia s-a descurcat de minune, însă am oprit-o pentru că amândoi așteptam să ne-o tragem ca doi nebuni.

S-a pus deasupra, îi place să domine, de asta sunt sigur. A început să se unduiască, în timp ce sânii ei rotunzi se mișcau odată cu ea. Iubesc și priveliștea asta. Am lăsat deoparte prezervativul, căci, deși poate că nu este cel mai inteligent lucru, altfel este sexul făcut fără protecție. Și, uneori, din iresponsabilitate sau cunoaștere prea bine a propriului corp, preferi să îți asumi riscurile aferente. Era caldă, umedă, iar mâinile ei îmi zgâriau ușor pieptul. O trag spre mine și preiau controlul, stabilind ritmul în care ne-o tragem. Repede, pentru plăceri maxime. Un bărbat excitat, un bărbat care face dragoste cu femeia dorită, s-ar putea să termine prea repede. Însă, nicio problemă, mai există numere după primul. Simt momentul și mă opresc, profit de pauza scurtă pentru a o săruta și pentru a schimba poziția. Voiam să o domin, ca atare, am făcut schimb de locuri. Intru în ea ușor, moment în care un alt geamăt a luat naștere. Mă privește și-mi spune că vrea mai adânc. Dacă femeia îți cere, îi dai, nu? O mâna lângă capul ei, susținând-mi greutatea corpului. Cealaltă, în jurul gâtului ei - amândoi preferăm varianta mai hard a sexului. O penetrez și o simt din ce în ce mai udă. O penetrez și o simt cum începe din nou să tremure. O penetrez şi-o văd cum îşi muşcă buzele de plăcere.

- Trage-mi-o pe la spate, aşa-mi place cel mai mult, îmi spune.

Mă opresc şi o privesc cum se pune cu spatele la mine. Avea un fund frumos, rotund, care se armonizează perfect cu restul corpului ei.

Se uită peste umăr şi-mi spune să i-o trag cât pot de bine, cât mai adânc şi cât mai repede. Femeia asta este formidabilă! Sexul cu ea s-ar putea să devină o dependenţă periculoasă pentru mine.

O prind de şolduri şi intru în ea, moment în care ea-şi arcuieşte spatele. Mă las uşor peste ea, iar cu mâna dreaptă, pentru un maxim de plăcere, îi stimulez clitorisul. Eu simt că-mi voi da drumul curând, însă nu înainte de a o duce pe culmea plăcerii, căci, zic eu, o femeie nu ar trebui lăsată nesatisfăcută. Geme din ce în ce mai tare, iar picioarele încep să-i tremure, pesemne că se apropie de climax. Da, am avut dreptate, căci cu zvâcniri violente, corpul ei îmi mulţumeşte. După câteva clipe, mă opresc, căci și eu am ajuns la final.

După ce revenim de la baie, transpirați, dar fericiți, rămânem pe spate amândoi privind înspre tavan. Sunt minunate clipele de tăcere de după o partidă de sex. Mă sărută, apoi îmi zâmbește. Înțeleg că a fost bine pentru amândoi.

- Știam eu că vom avea momente de neuitat, rupe ea tăcerea.

- De unde știai? o întreb amuzat.

- Am simțit eu. Iar cu simțurile femeii, ți-am mai spus, nu te pui.

- Mă bucur atunci!

- Hai să fumăm o țigară, dragule!

- De când fumezi? o întreb uimit.

- Fumez doar după partidele bune de sex, îmi răspunde zâmbindu-mi ștrengăresc.

# CELE MAI PERICULOASE FEMEI SUNT CELE CARE ÎȚI ADUC RAIUL ÎN PAT ȘI IADUL ÎN VIAȚĂ!

Recunosc, asta cu partida bună de sex m-a măgulit. Orice bărbat este măgulit când i se fac complimente despre modul în care face sex. Însă, de cealaltă parte, stau reporşurile legate de performanțele sexuale. Reproşurile astea, zic eu, sunt cele mai dureroase și, uneori, pot afecta serios bărbatul.

De ce spun asta? Cu ceva vreme în urmă, prin iunie, am întânit o tipă cu care am vrut doar să mi-o pun. Atât, nimic mai mult. Și, desigur, credeam că am fost clar când i-am zis și ei că nu caut nimic serios. Dar, pentru încă o dată, mi s-a confirmat că degeaba gândești ceva dacă simți cu totul și cu totul altceva. Ca urmare, după vreo trei partide de sex, i-am spus să încheiem. Nu mă mai atrăgea. Însă ea s-a îndrăgostit de mine, iar despărțirea pentru ea părea ceva de neconceput. Totuși, n-am ținut cont de doleațele ei, ca atare eu am ales să mergem pe drumuri diferite, indiferent de sentimentele ei.

Probabil, din cauza faptului că nu m-au înmuiat rugămințile ei, a început să-mi arunce reproșuri. Pe lângă cele normale, că îmi bat joc de femei, că sunt un jegos, că-mi dorește să rămân singur, ei bine, printre ele a fost unul care m-a dat pe spate. A fost ultimul și cel care m-a afectat cu adevărat - mi-a zis că habar n-am să fut o femeie. Și, deși sunt conștient că nu sunt vreun star de filme porno, ci doar un om obșinuit, m-au lovit cuvintele alea.

Mi-am dat seama cât de mult m-au afectat acele câteva vorbe abia când, după vreo două săptămâni de la discuția asta, am ajuns în pat cu o altă tipă. Și, din păcate, micul meu prieten a rămas mort, iar, în același timp, îmi treceau prin cap vorbele ei. Da, încrederea în mine a avut de suferit, mi-au apărut întrebări în minte ce nu credeam că există sau mi se păreau irelevante. Dacă cel de dinaintea mea a fost mai bun? Dacă a avut-o mai mare? Dacă mă fac de căcat în fața ei?

Asta a fost experiența mea de atunci. Eu cu prietenul meu mort, ea cu ochii mari și cerându-și scuze că poate ea este de vină. Nu, nu era de vină la cum arăta. Mi-am cerut scuze, am băgat-o pe aia că e din cauza oboselii și am plecat aproape fugind. Nu, de atunci n-am mai vorbit cu tipa asta.

Mi-am revenit după ce am avut o discuție cu mine însumi purtată acasă. Dar concluzia e clară - unii bărbați s-ar putea să fie extrem de afectați după ce li se spune, chiar și din răutate, fără a fi un sâmbure de adevăr în odioasa afirmație, că sunt varză în pat. Și n-aș încuraja femeile să facă așa ceva, iar dacă au de gând să o facă, să se gândească cum s-ar simți dacă cineva le-ar spune că sunt grase, de exemplu. Mă rog, nu știu dacă este cea mai potrivită comparație, dar este pe acolo.

Am închis ochii pentru o secundă, iar când i-am deschis era deja ora nouă. S-a făcut dimineață în aceste câteva secunde. Mai mult, am adormit în doi și m-am trezit de unul singur, căci nu mai era nici urmă de Iulia la mine-n apartament. Asta ce-o mai fi însemnând? Verific telefonul, dar n-am niciun mesaj de la ea, în care să-și justifice cumva plecarea pe ascuns. Ok, posibil să fi fost singura noapte cu ea. Totuși, să verific și bucătăria, poate-poate, am noroc și-o găsesc făcând cafeaua.

N-o găsesc pe ea, dar găsesc un plic pe masă. Ciudat! Cred că n-am mai văzut o scrisoare de vreo zece ani.

Când am deschis-o, prima dată am zărit un bilețel pe care scria:

*Am plecat și nu te-am trezit, pentru că dormeai prea frumos. Am plecat așa devreme pentru că astăzi am un curs de la care nu pot lipsi. E o nebună profesoara asta!*

*Știu că tu vrei să fii scriitor, așadar am ales să îți scriu și eu câte ceva. Le-am scris chiar înainte de a veni la tine. Să mă ierți dacă e pueril sau de-a dreptul idiot textul de mai jos.*

Apoi scot mica ei scrisoare și încep să citesc:

*Ocupă-i timpul femeii de lângă tine cu iubirea ta intensă, astfel încât să nu aibă timp să respire un alt aer în afară de al tău, încât să nu simtă că îşi iroseşte timpul, să nu ajungă să-şi pună întrebări despre viitorul vostru. O femeie plictisită este pe jumătate pierdută. Şi ţine cont, ţi-o spune o ea.*

*O femeie ocupată cu bărbatul ei nu se va arunca în braţele altuia. Ar fi de-a dreptul cretină dacă ar face-o. Ea este o femeie veşnic fascinată de cel pe care-l ţine de mână, dorindu-şi să-l descopere din ce în ce mai mult, câte puţin în fiecare zi. La rândul lui, un bărbat care ştie cum să-şi ţină femeia ocupată va avea întreaga ei lume la dispoziţie şi toată fericirea aferentă.*

*Ocupă-i buzele cu ale tale, încât să nu scoată pe gură cuvinte pe care nu ai vrea să le auzi. Femeile pot spune muuuuulte tâmpenii pe care le regretă în secunda doi. Ocupă-i trupul cu al tău, încât să nu răcească – nu se ştie cu ce sau de cine este presărat drumul până la farmacie. Ocupă-i mintea, încât să nu aibă timp decât să se gândească la voi doi. Fă-o să râdă mult, încât să nu aibă timp să-și aducă aminte tristețile.*

*O femeie plictisită devine umbra a ceea ce a fost cândva. O femeie care nu are timp să plângă va rămâne lângă tine!*

*Dar nu exagera cu iubirea, dragule, căci ce este prea mult strică chiar și cele mai fundamentate relații!*

*P.S.: sper că nu ai râs prea tare după ce ai citit rândurile de mai sus. Te pup!*

Recunosc, eram de-a dreptul uluit. N-aș fi spus că are așa talent la a așterne cuvintele pe coli. Oamenii sunt surprinzători dacă le dai șansa să-ți arate părțile lor secrete.

Îi trimit mesaj - „N-am râs deloc! Sunt impresionat! Aștept să te revăd! P.S.: Succes la curs.”.

După vreo cinci minute, primesc mesaj de la ea:

„Mă bucur că n-ai râs de mine! Te sun după ce termin cu prostia asta de facultate. Tu nu mergi azi?”

„Nu merg că n-am chef. Fac un duș și mă apuc să mă uit la serial. Ca triștii :)). Ne auzim! Te pup!"

„Lepră ce ești! :)) Vizionare plăcută!"

Am făcut duș și au urmat vreo cinci ore de privit serialul preferat, adică Suits. Super tare serialul!

Îmi sună telefonul. Era Iulia. La fix!

- Da, draga mea?

- Ce faci, mă, leneșule?

- Acum am terminat ultimul episod din sezonul întâi. Și cam mor de foame. Tu?

- Acum plec de la facultate. Mi-a făcut asta capul calendar cu marketingul ei. Ce spui, gătim ceva?

- Să gătim? Eu abia dacă știu să-mi prăjesc cartofii și două ouă. Dar te pot ajuta. Sau, mai bine zis, sabota.

- Hai că merg până acasă, îmi iau niște haine la mine, trec pe la supermarketul de la parterul blocului tău, iau câte ceva și apoi ne apucăm de nebunii în bucătărie.

- Păi și dacă facem nebunii, la ce mai faci cumpărături?

- Haha, amuzantule! Gătim, nu altceva. Toată ziua te gândești la prostii?

- Aproape. Bine, te aștept. Sună-mă dacă ai nevoie de ajutor.

- Bine, hai, te pup!

După vreo oră, ajunge la mine. Cu două plase, de parcă a cumpărat tot supermarketul.

- A mai rămas ceva și pentru ceilalți? o întreb în timp ce-i iau plasele din mână.

- Doar casierița, îmi răspunde bufnind în râs.

- Ia uite că știi să faci și glume!

- Proaste, cel mai sigur.

- Mie-mi plac, așadar stai liniștită. Nici eu nu sunt expert în glume, dar sigur sunt mai bune decât ale lui Andrei. Chiar, ce-o mai face? Hai că-i dau un telefon și revin să te ajut, ok?

- Bine, până atunci mă bag și eu la un duș. Ai gel de duș, nu?

- Nu, mă spăl doar cu apă, îi răspund în timp ce-l apelez pe Andrei.

După câteva momente, îl aud:

- Da?

- Ce faci, mă? îl întreb îngrijorat, căci ceva din vocea lui îmi spunea că nu-i tocmai bine.

- Bine, pe acasă. Tu?

- Auzi, mă crezi prost?

- Nu, de ce? Ce te-a apucat?

- Spune-mi ce-i cu tine! Te cunosc și-mi dau seama că ceva te supără. Știi și tu că prietenii se cunosc între ei.

- Pfff… nici nu știu cum să încep, bă!

- Cu începutul ar fi super. Ce s-a întâmplat?

- M-am ars. La figurat, evident.

- Cu cine?

- Ghici? Cu dracul în persoană, cu cine crezi?!

- Nu ştiu cine este acest drac în persoană, deşi cred că este o diavoliță sexy.

- Mda, ce să zic, cea mai sexy! Cu Alexandra, mă! Cred că m-am îndrăgostit de ea și mi-a tras o mare țeapă.

- Mai exact? întreb surprins, pentru că eu nu l-am auzit până acum pe Andrei să spună cuvântul „îndrăgostit”.

- Mai exact, se futea și cu mine, dar și cu altul. Super, nu?

- Și, mă rog, cum ai aflat? Pe-o parte, mă aşteptam ca Alexandra să fie capabilă de așa ceva. Adică n-a avut o problemă nici când am înșelat-o eu pe Andrada. În fine, nu cred că-s în măsură să judec prea mult astfel de lucruri, doar le-am făcut și eu cândva.

- Ieri, în timp ce era la duș, a primit un mesaj de la celălalt în care-i spunea că abia aşteaptă să o vadă diseară, că-i de dor de trupul ei. Și, ghici ce? Mie mi-a spus că va ieși cu niște prietene. Mă aşteptam să fie niște fete, nu un purtător de penis.

- Și i-ai zis ce ai văzut? îl întreb curios.

- Normal! I-am spus că îi ușurez munca, să nu se mai plimbe între două locații. Ca atare, i-am făcut vânt. I-aş fi dat și un șut în cur, dar, na, e femeie şi nu ar fi fost frumos din partea mea.

- Aşa este. Mă, vrei să vin la tine?

- Nu, nu. Tu ce faci?

- Eu sunt cu Iulia, ne pregătim să gătim.

- I-auzi! Nunta când o faceți? Întreb asta pentru că văd că ați început serios treaba. Mâine-poimâine, te aud că o suni pe mă-ta să-i spui că va fi bunică. Apropo, să mă pui naş.

- Bine, aşa am să fac. Dar fără 1000 de euro nu te primesc.

- Ia mai du-te-n pizda mă-tii! Hai, spor acolo! Ne auzim după nuntă!

- Pa, pa!

Îi închid și merg în bucătărie. Iulia se pare că este un fin observator, pentru că în secunda în care m-a văzut, m-a întrebat ce s-a întâmplat. Ori este ea un fin observator, ori eu habar n-am să-mi ascund trăirile. În sinea mea, simțeam revoltă față de faptele Alexandrei și-mi părea rău de fraierul ăla de Andrei. Nu merita așa ceva, însă, dacă-mi reamintesc cursul faptelor mele, nici Andrada nu merita.

- A cam luat-o-n bot Andrei.

- Adică?

- I-a tras-o Alexandra urât de tot. Adică și-o trăgea cu el oficial și neoficial cu încă unul.

- Căcat! Nu cred!

- Păi cam astea-s faptele. Și-a asumat și ea chestia asta.

- Nu o credeam în stare să fie atât de nemernică. Plus că Andrei este un super-băiat. Chiar nu merita asta.

- Știu, îi răspund, în timp ce mă gândeam că nu eram singurul care credea că Andrei nu merita așa ceva. Te ajut cu ceva?

- Nu, doar să stai aici cu mine. Fac o friptură de porc la cuptor și niște cartofi cu rozmarin. Ce spui?

- Sună bine, să vedem și ce gust va avea mâncarea.

- Haha! Cred că dacă vei continua cu astfel de remarci, te voi da afară din bucătărie.

- Bine, tac.

Legat de mâncare - a fost foarte bună, surprinzător aș spune. Parcă mâncam la mama acasă. După-amiaza am pierdut-o vorbind despre tot felul de lucruri, iar pe seară am ieșit în oraș, la un pahar de vin. Mă rog, au fost trei sticle de vin.

Când ne-am întors din oraș și am ajuns în fața blocului, ne-a tăiat cheful de sex.. Și ce ne-am gândit noi, cu mintea noastră cretină? Să blocăm liftul între etaje și să ne împlinim una dintre fantezii. Zis și făcut! Ne-am tras-o vreo cinci minute, după care am repornit liftul și am continuat acasă restul. Era destul de inconfortabil în lift și am decis amândoi că ne este mai bine în pat. A fost o altă noapte nebună, în care am lins-o, mi-a supt-o, am pus-o capră, m-a subjugat stând deasupra, am plesnit-o peste fund, m-a zgâriat pe spate.

O lună întreagă, traiul nostru în doi a fost destul de clar - trezit, făcut duş, facultate, mâncat, uitat la căcaturi, uneori ieşiri prin oraş, uneori sesiuni ostenitoare de shopping, futut, dormit. Părea că nimic nu ne putea strica armonia, iar noi deveneam din ce în ce mai fericiți unul în prezența celuilalt.

Fericirea în doi a rămas, însă un telefon primit de al ai mei mi-a dat lumea peste cap. Bunicul meu tocmai murise. Am simțit că-mi cade lumea-n cap. Era, după tata, al doilea bărbat pe care-l iubeam cu toată ființa mea. De fapt, a fost, în unele momente cât tata era muncă, iar eu stăteam la bunici, un tată. Era modelul meu, omul mereu bine dispus care o iubea pe bunică-mea, după peste 40 de ani, ca în prima zi.

Cu greu, mi-am adunat câteva haine şi le-am aruncat într-un bagaj. Am rugat-o pe Iulia să rămână acasă, căci simțeam să fiu singur. M-a privit cu dragoste, m-a sărutat, iar apoi am plecat cu primul tren spre casă.

În toate cele șase ore, cât face trenul până acasă, cu riscul de a părea nebun pentru ceilalți, am lăcrimat. Cu greu m-am abținut să nu izbucnesc într-un plâns. În acele momente, îmi venea să mă pun în fund și să plâng. Atât. Să plâng, să mă descarc, să-mi eliberez durerea din interior.

Și cât de rău îmi pare că nu l-am sunat deloc de când am venit în București. Și cât îmi va lipsi vocea lui, zâmbetul lui, sfaturile lui, glumele lui! De ce ți se răpesc oamenii pe care-i iubești înainte de a fi timpul? De ce nu ești anunțat, cumva, că va urma o nenorocire? Să știi să-ți iei rămas bun, să mai oferi un ultim sărut, o ultimă îmbrățișare, să spui un ultim mulțumesc. Atât, nimic mai mult.

Din păcate, moartea este fulgerătoare. Moartea nu anunță. Ea doar vine și îți ia unul dintre oamenii iubiți. Tot ceea ce poți tu să faci este să te asiguri că atunci când pleci departe de cei dragi, lași în urmă iubire și niciun regret. Tot ceea ce poți tu să faci este să știi că toate cuvintele frumoase au fost spuse acestora, căci nu știi dacă ori când îi mai vezi.

Îmi aduc aminte că atunci când eram mic, se lăsa în genunchi și mă căra în spate, în timp ce bunica mea făcea cei mai buni cartofi prăjiți pe care i-am mâncat vreodată. Mă plimba prin tot apartamentul lor.

Apoi, el a fost cel care a încercat să mă învețe șah. Și ca orice bunic, mă lăsa să câștig fiecare joc. Cred că, într-un fel, lucrul acesta, că mă lăsa să câștig, m-a ajutat în dezvoltarea mea ca om. Totodată, m-a învățat să joc și cărți. 66, șeptică, jocuri de acest gen. Da, și aici mă lăsa mereu să câștig. Dar, deși câștigam, îmi aduc aminte că-mi explica că-n viață nu voi câștiga mereu, important fiind să joc corect și să lupt până la capăt, să nu renunț. Acum, când totul s-a năruit, îmi aduc aminte de toate lucrurile pe care le-am făcut cu el. Acum, când nu mai pot să-i spun un mare mulțumesc, mi-aduc aminte de toate nebuniile pe care le-am făcut cu el în rolul de complice. Acum, când el a devenit una cu trecutul, nu mai pot să-i spun că-l iubesc. Acum, când totul s-a sfârșit, nu mai pot face nimic. Doar să mă uit la cer, să cred că este acolo, printre stele, și să spun în gând „TE IUBESC, BUNICULE!”. Și „ÎȚI MULȚUMESC PENTRU TOATE CLIPELE!”.

Ajuns acasă, m-a luat tata de la gară și am mers să-l văd. Am fost doar atunci, în acea seară când oricum am stat cinci minute. Nu voiam să mi-l amintesc așa cum era acum, pentru că el nu era așa. Zâmbea, era roșu în obraji, plin de viață. Nu doar un trup zăcând într-un sicriu de lemn.

În a treia zi, am fost la înmormântare care a fost momentul când am simțit că toată greutatea lumii se lasă pe umerii mei firavi. Am simțit, pentru prima dată, că-s mânios pe soartă. Am simțit că aș fi dat zece, douăzeci de ani din anii mei pentru a-l mai ține în viață măcar cât să-și vadă nepotul căsătorit și să-și cunoască strănepoții. Însă, se pare, ceasul i-a sunat poate mult prea devreme. Niciodată nu l-am văzut pe tata plângând ca un copil mic. Niciodată până acum. Ochii lui frumoși și verzi erau tulburi de la atâtea lacrimi. Plângea în hohote, un alt lucru care m-a mâhnit. Bunica mea era la pământ, nu cred că mai știa unde se află în acele clipe. Omul pe care l-a iubit zeci de ani, cel căruia i-a fost fidelă atât timp, cel alături de care a înfruntat greutățile vieții, nu mai venea acasă.

Nu vreau să îi văd pe cei dragi suferind. Mai bine eu decât ei. Și cred că știm cu toții această senzație, când am lua durerea celor iubiți și ne-am da-o nouă. Cred că asta este cea mai exactă definiție a iubirii.

Am mai rămas acasă încă trei zile, timp în care am încercat să mă adun câtuși de puțin. În tot acest timp, am întrerupt orice conversație cu Iulia și mă bucur că m-a înțeles. Singura dată când am vorbit a fost în seara când am ajuns acasă. Și atunci prin mesaje.

„Dacă ai nevoie de ceva, sunt aici! Ai grijă! Te îmbrățișez!"

„Îți mulțumesc, Iulia!"

Asta a fost toată conversația noastră din ultimele șase zile. Pe Andrei, care aflase de la Iulia cred, l-am ignorat în tot acest timp. Ne vom vedea în București, vom vorbi atunci. Nu despre asta, căci nu-mi place să-mi reamintesc de astfel de momente.

Prietenii mei de acasă au încercat să mă scoată din stare, chemându-mă la o cafea, un vin, o poveste. M-am dus, însă deși eram prezent fizic, gândul îmi era departe. Au simțit că nu eram în apele mele, dar m-au lăsat în pace și bine au făcut. Eu sunt construit ca atunci când înfrunt un moment greu să fiu singur. Mă enervează dacă cineva încearcă să mă scoată din stare. Mă enervează dacă sunt întrebat de milioane de ori ce am și cu ce pot fi ajutat. Vreau singurătate, vreau să rămân doar eu și gândurile mele. Sunt suficient de puternic încât să mă adun, ca atare nu am nevoie de ajutor din exterior. Știu că sunt gesturi frumoase și le apreciez, dar prefer să fiu lăsat în pace în astfel de momente. Mă vindec mai bine, mai repede.

Drumul înspre București a părut mai scurt decât de obicei pentru că am adormit. Probabil, oboseala acumulată în ultimele zile și-a spus cuvântul și, în cele din urmă, m-a răpus.

Am ajuns la miezul nopții în gară. Spre surprinderea mea, o văd pe Iulia. Știa când ajung, însă nu mă așteptam să mă aștepte. A venit în fugă spre mine și m-a luat în brațe. A fost cea mai puternică îmbrățișare din ultimele zile. Nu știu de ce am simțit-o așa, poate pentru că nu mai eram acasă, lângă ai mei. Am izbucnit în plâns.

- Sunt aici, iubitule! îmi șoptește la ureche. Plângi, este foarte sănătos. Stăm aici până dimineață dacă asta simți să faci. Pune capul pe umărul meu și descarcă-te.

- Îți mulțumesc! îi răspund printre suspine.

După ce m-am liniștit, mi-a șters lacrimile, m-a luat de mână și am plecat spre stația de taxi. În acel moment, parcă eram într-o altă dimensiune, unde doar eu mă aflam și unde simțeam doar o strângere de mâna. Mintea-mi zbura, nu mă puteam concentra, însă Iulia s-a ocupat să găsească un taxi. M-am trezit din visarea asta ciudată abia când am ajuns în fața blocului și a trebuit să ne dăm jos din taxi.

Ajunşi acasă, m-am aruncat în pat. Ăsta a fost primul lucru pe care l-am făcut. Simţeam să închid ochii, să mă întind şi să-mi las mintea să continue să zboare. Aşa mă vindec eu. Nu prin cuvinte de încurajare, nu prin metode de a fraieri mintea să uite ceea ce s-a întâmplat, ci prin a ajunge să accept ceea ce s-a întâmplat. Astfel de lucruri fac parte din viaţa fiecăruia, în fond şi la urma urmei. Cu toţii trăim momente dureroase, iar cel mai important lucru pe care poţi să-l faci în drumul spre vindecare este să accepţi. Să accepţi fatalitatea. Să accepţi eşecurile. Să accepţi despărţirile. Să accepţi dezamăgirile. Atât, să accepţi. Apoi, încet, dar sigur, începe vindecarea şi, oricât de greu ar părea de crezut, momentele de acest tip te formează ca om, te şlefuiesc.

- Facem nani?

- Am dormit pe tren, nu mi-e somn, îi răspund.

- Ok, ştiu că nu vrei să fii bătut la cap, aşadar te voi lăsa în pace. Dacă vrei să vorbim, sunt aici. Dacă ai nevoie de un umăr pe care să plângi, sunt aici.

- Apreciez!

S-a ridicat din pat și s-a dus în bucătărie. A pus de cafea pentru că am simțit aroma inconfundabilă a licorii maronii. M-am ridicat și m-am dus și eu. Simțeam, totuși, nevoia să fiu cu cineva, să fiu în compania cuiva, iar Iulia se potriva perfect cu ceea ce aveam eu nevoie.

- Îți torn?

- Te rog.

Ne aprindem fiecare câte o țigară și sorbim din cafeaua caldă.

- Ce ai făcut în toate aceste zile? o întreb, dându-mi seama că am tratat-o ca și cum n-ar fi existat. Știu, mă înțelege, dar…

- Am fost la facultate, am venit înapoi acasă, mi-am adus câteva lucruri la tine. Dacă te deranjează că, într-un fel, m-am mutat aici, să-mi spui.

- Este ok, stai liniștită.

- Bine, dar dacă te va deranja, te rog să-mi spui. M-am mutat mai degrabă pentru a fi lângă tine, în niciun caz pentru a te sufoca.

- Bine, așa am să fac. Acum, în aceste momente, am nevoie de un om în preajma căruia mă simt liniștit. Iar tu ești acea persoană, Iulia!

- Mă bucur să aud asta! Chiar țin la tine și, recunosc, mi se rupe inima când te văd așa. Însă, știu eu, ai să-ți revii și-ai să fii mai puternic decât înainte.

- Mulțumesc!

Am tăcut amândoi și ne-am aprins a doua țigară. Nu știu cum sau de ce, dar, pentru prima dată, am simțit că prostia asta mă liniștea.

- Mă duc să fac un duș și mă pun în pat, îi spun Iuliei.

- Ok, voi veni și eu lângă tine.

În zece minute, eram deja în pat, cu plapuma trasă până la bărbie, ca un copil mic. Ea și-a pus capul pe pieptul meu. Așa am adormit. Am avut trei vise, toate cu el, cu bunicul meu. Frate, nici inconștientul nu-ți dă pace în astfel de momente. De fapt, ridică la suprafață tot ceea ce ai gândit, simțit, fără să conștientizezi.

Dimineață, mă simțeam mai obosit decât înainte de a mă pune-n pat. Clar, psihicul meu are nevoie de niște întăritoare extrem de eficiente. Dar, din păcate, încă nu mi-am dat seama care-s acelea.

Toată nebunia asta a durat cam vreo trei săptămâni, după care am început să mă vindec. În tot acest timp, Iulia a rămas lângă mine, având grijă de cel alături de care împărțea nopțile și zilele. În niciun moment, n-am văzut-o cedând ori săturându-se să-mi poarte de grijă, ci mereu am văzut-o devotată cauzei. Lucru rar, dacă este să ne gândim că trăim într-o lume egoistă, o lume în care binele propriu este deasupra binelui comun. N-am dat nici pe la facultate, nici prin oraș, ci m-am baricadat între patru pereți, dându-mi timp să accept, să mă vindec, iar, mai apoi, să mă ridic mai puternic decât înainte. Și am reușit.

- Îți mulțumesc! îi spun Iuliei, într-o dimineață de sâmbătă, după ce ne-am trezit și am făcut cafeaua. Îți mulțumesc pentru răbdare, pentru curajul de a-mi fi alături în astfel de momente deloc ușoare.

- Cu drag… oste!

Îi zâmbesc, prefăcându-mă că nu am înțeles jocul de cuvinte. Dragostea, în acest moment, nu cred că era subiectul despre care aș fi vrut să vorbesc. Sau să-l simt. Aşa-s eu - după o perioadă grea, pentru o vreme, mă feresc de alte lucruri care mi-ar putea face rău. Probabil, în alți termeni, se numește instict de conservare a fericirii proaspăt redobândite.

- Ce facem astăzi, dragule?

- Nu ştiu, n-am idee! Tu ce propui?

- Să mergem să bem un vin, undeva în oraș. Să mai ieşim puțin din casă. Ce spui?

- De acord. Pe la cât vrei să plecăm?

- Pe la ora opt? Este ok?

- Da, foarte. Atunci, în seara asta, mergem să ne turnăm un vin bun pe gât în jos. Recunosc, mi-e puțin dor de lume.

- Haha! Hai să te pup, iubitule! Mă bucur că ți-ai revenit!

Mă sărută, însă în acel sărut am simțit că s-a întâmplat ceva. Nu știu să explic ce am simțit - ceva între îngrijorare și supărare. Nu era timpul să o întreb, ci am să deschid subiectul deseară. Poate mă înșel, poate m-au lăsat reflexele de a simți omul, nu știu, vom vedea.

---

**SĂ ÎȚI ADUCI AMINTE DE ASTA:**
**ÎNTRE CEL CARE TE VREA ȘI CEL CARE AR FACE ORICE SĂ TE AIBĂ ESTE O MARE DIFERENȚĂ!**

---

Am gătit împreună la prânz, am mâncat, ne-am uitat la un film, după care am început să ne pregătim. Ea a început pe la ora șase, pentru că femeile, după cum bine știm, au nevoie de două secole pentru a fi pregătite de o ieșire banală în oraş. Mie mi-a luat cam 40 de minute - duş, îmbrăcat, aranjat, încălțat.

Am renunțat să mai chemăm taxiul, pentru că eram la 10 minute de mers pe jos de centrul vechi al Bucureştiului, locul unde se întâmplă nebuniile. După ce ne-am plimbat vreo 30 de minute, studiind locurile, am ales unul mai retras, pe unde nu se perindă-n voie gloata de oameni gălăgioşi. Am decis să rămânem pe terasă, căci temperatura de afară ne ajuta. Am comandat un vin rose demi-sec şi o apă minerală. Asemenea snobilor, aş spune, dar chiar de asta ne era poftă.

După ce ospătărița ne-a adus comanda, ne-a turnat în pahare și ne-a lăsat singuri, am întrebat-o:

- S-a întâmplat ceva în ultima perioadă? Ceva de care ar trebui să ştiu?

- Credeam că nu vei observa. Se pare că, oricât de mult aş fi vrut să te scutesc de asta, n-am reuşit. Da, mi-a scris fostul meu. Mă vrea înapoi.

- Ce?! Şi tu ce i-ai spus?

La aşa ceva parcă nu mă aşteptam. Cumva, noi, bărbaţii, când vine vorba de fostul devenim extrem de orgolioşi şi, uneori, poate prea posesivi. Bine, asta dacă ne pasă câtuşi de puţin de femeia de alături. De fapt, femeile devin şi mai nebune decât noi. Cel puţin, asta am remarcat eu din puţinele întâmplări prin care am trecut. În fine, ardeam de nerăbdare să văd ce i-a răspuns Iulia, dar, în astfel de momente, parcă totul se derulează în slow motion.

- I-am spus că nu vom discuta asta acum, a venit răspunsul ei.

- Cum adică nu acum? o întreb vizibil iritat. Ce, îţi păstrezi vreo uşiţă de salvare în cazul în care relaţia noastră începe să scârţâie?

- Nu, Doamne fereşte, nu! Dar la ce bun să port conversaţia asta cu el acum, din moment ce sunt fericită cu tine?

- Femeie, trag concluzia că nu ești cu toate acasă! Păi, zic și eu, dacă te-ai despărțit de el, înseamnă că nu mai vrei să ai de-a face cu acel om, nu? Adică eu așa văd o despărțire asumată, când toată magia s-a risipit.

- Da, ai dreptate. Nu ştiu ce a fost în capul meu! Iartă-mă!

- Altceva i-ai mai zis?

- Nu, atât. Că nu vreau să vorbim. A înțeles și m-a lăsat în pace. Îți arăt conversația dacă vrei, să nu cumva să spui că te mint sau iar ascund lucruri.

- Nu vreau să văd nimic! Dacă ajungem să ne verificăm, deja aia nu mai e relație, ci investigație. Or, eu urăsc să fac pe Sherlock Holmes. Dacă vei greși, vei plăti. La fel și în cazul meu.

- Am înțeles! Te rog, iartă-mă că am fost așa naivă!

- Nu am ce să iert. E ok.

Era ok pe naiba! Frate, cum mama mă-sii de treabă să-i spui fostului că nu vrei să vorbești ACUM despre asta. Cum? Poate-s nebun, dar eu, în locul ei, m-aș fi asigurat că aș fi fost foarte clar înțeles că nu mai vreau să am de-a face cu acea persoană în veci. Da, știu, nu putem ști ce ne rezervă viitorul, dar mă asigur că măcar ce ține de mine este clar.

Restul ieșirii noastre a fost mai mult o tăcere continuă. Din când în când, mai schimbam câteva cuvinte. N-am mai stat mult și am plecat acasă. N-avea sens să ne prefacem că totul este ok, așadar i-am spus că m-a deranjat formularea ei și că vreau să plecăm.

- Am să te rog să mergi la tine acasă, Iulia. Am nevoie de spațiu.

- Ok, cum dorești.

-Mulțumesc!

Ea a luat taxi-ul spre apartamentul ei, iar eu am mers pe jos până la mine. Aveam nevoie să mă gândesc foarte bine cum să abordez relația asta. Nu aș vrea să îmi fac rău și nici să-i fac ei rău. Aveam nevoie să-mi dau seama dacă ea este chiar femeia pe care o vreau alături sau dacă este doar o nevoie temporară, date fiind ultimele evenimente din viața mea. Uneori, omul tinde să se sprijine pe un alt om până își revine. Despre mine este vorba în acest caz. Iar eu nu pot fi de acord cu un astfel de tip de relație, n-aș vrea să o implic într-o asemenea relație dacă ajung la concluzia că am nevoie de ea doar pentru a trece peste un moment dificil.

Sau, cealaltă variantă: s-ar putea ca ea să mă vadă ca pe o modalitate de a pierde timpul într-un mod agreabil. Or, nu-mi doresc să lupt pentru iubirea femeii, să lupt ca un nebun cu toate morile de vânt dacă ea mă vede ca pe-o distracție. Mereu am considerat că lupta asta pentru iubire, pentru a îi demonstra celuilalt că are motive să rămână, este o luptă inutilă, una în care pierzi mai mult decât persoana pe care o țineai de mână înainte de a se declanșa războiului – te pierzi pe tine printre rugăminți, compromisuri, sacrificii. Văd lupta ca pe-o desprindere de propria persoana în favoarea alteia căreia s-ar putea să nu-i mai pese ce se întâmplă cu tine. Și nu, nu vreau să ajung aici.

Deși sunt conștient că în viața unei femei vor exista mai mulți bărbați și există posibilitatea ca eu să nu fiu acel ultim bărbat din viața ei, aș prefera să nu ne batem joc.

Da, vor exista diverși bărbați. Mă rog, tipologii de bărbați. Vor exista acei bărbați care o vor privi și ar vrea-o, însă circumstanțele, din diferite motive, le sunt potrivnice. Își hrănesc imaginația doar privind femeia dorită, atunci când o văd. Ei sunt acei bărbați care atunci când s-au hotărât să îi vorbească, ea se ridică de la masă și trece razant pe lângă aceștia, iar ei vor privi în urma ei fără să facă altceva – despre circumstanțele de acest fel vorbeam. Cu unii poate că s-ar potrivi, cu alții nu. Cert este că nu vor fi parte din viața acelei femei.

Mai există bărbații care o vor avea. Acestora, soarta le-a zâmbit și își pot hrăni sufletul și imaginația cu pielea ei fină, cu buzele ce pecetluiesc vorbe, cu aroma ei de femeie tânără și dornică de acțiune. Ei sunt cei care, atunci când ea s-a ridicat de la masă și a trecut pe lângă ei, s-au întors și au prins-o de mână. I-au zâmbit, le-a zâmbit și au scris o scurtă poveste. Nu o vor iubi, nu își vor deschide sufletul, doar îi vor atinge trupul. Ei sunt experienţa pe care o acumulează şi pe baza căreia femeia va lua decizii viitoare.

Şi mai există bărbatul care o va iubi cu toată fiinţa lui, cu fiecare neuron şi venă, cu foc, pasiune, răbdare, blândeţe şi devotament. Aici e simplă treaba şi, de obicei, are un final fericit.

Mulţi o vor dori, mai puţini o vor avea, însă doar unul o va iubi şi îi va fi paznicul şi îndrumătorul sufletului său. Alături de mâna lui ce o va ţine strâns, ea va putea traversa cele mai periculoase poduri, evitând la milimetru dezastrul ce ar putea să îi îngenuncheze fiinţa.

Ajuns acasă, îmi fac o cafea, îmi aprind o ţigară şi încep să încerc să-mi dau seama ce este de făcut, astfel încât nimeni să nu aibă de suferit. Nu-mi place să rănesc, pentru că nici mie nu-mi place să mi se calce-n picioare sufletul.

Mi-este foarte clar că o relaţie nu poate exista stând, asemenea unei berze, într-un singur picior. Unul singur nu poate face cât amândoi chiar dacă ar iubi dublu. Cred că este mai bine să dai pumni în perete, să îți fie greu o vreme, decât să-ţi târăşti zilnic sufletul prin noroi doar de dragul celuilalt.

Dar ceea ce simt eu pentru Iulia se poate numi dragoste? Sau doar atașament?

Partea frumoasă a iubirii este că atunci când ajungi să iubeşti, când sufletul îţi este plin de celălalt şi când cel de lângă are aceleași sentimente pentru tine, viaţa în doi devine ușoară, lipsită de lupte inutile, de chinuri interioare, de temeri că celălalt s-ar putea să plece. Iubirea oferă o explicaţie despre ce înseamnă un drum comun, lipsa secretelor şi te determină să renunţi la orice este egoist în tine.

Dar ştii ce nu îşi doreşte nimeni în lumea asta? Să se trezească, la un moment dat, că îi lipseşte o parte din el, să îşi dea seama că tot ce avea s-a spulberat asemenea unui castel de nisip în braţele unui val. Mi-e puțin teamă că răspunsul Iuliei oferit fostului ei, mai devreme sau mai târziu, să mă aducă în situația asta. Acesta devine momentul când mulţi îşi promit că nu vor mai iubi, că nu-şi vor mai expune sufletul, că se vor răzbuna – o mare prostie dacă mă gândesc mai bine!

Totuși, dacă nu riști, s-ar putea să nici nu câştigi. Oricât ar durea dragostea (dacă se termină, evident), oricât l-ai învinovăţi pe cel de lângă sau chiar propria-ți persoană, oricâtă amărăciune ai avea în glas şi privire, ar trebui să vezi partea bună a unei poveşti încheiate – ai simţit, iar când simţi devii mai viu. Şi chiar dacă a plecat şi a luat mare parte din ce aveai, după o vreme, vei realiza că te-a lăsat mai viu şi mai experimentat. N-are sens să-ţi consumi energia şi timpul pentru a te răzbuna – dacă ai iubit, ştii că iubirea nu caută răzbunare, ci înţelegere şi acceptare.

Mă aflu la o răscruce - să mă deschid în fața ei ori să omor încă din faşă orice posibilitate ca sentimentele mele să devină mai puternice pentru ea. Să-mi bag picioarele! De când cu Andrada, deşi știu că eu am provocat toată situația aia, mi-a fost teamă să mă mai deschid cum am făcut-o atunci. Mi-a fost teamă, cred, în primul rând de mine. Apoi de celălalt.

## M-AR UCIDE, NU ATÂT LIPSA EI, CÂT PREZENȚA EI ÎN VIAȚA ALTUI BĂRBAT.

Cu toate incertitudinile mele, simt nevoia să o am alături. Mă hotărăsc să o sun și să o întreb dacă vrea să vină la mine. Sau să merg eu la ea.

- Hei!

- Bună, Adam! S-a întâmplat ceva?

- Nu. Voiam să te întreb dacă vrei să vii la mine?

- Offf... o dată îmi spui să mă duc, acum mă chemi la tine. Nu vreau să ajungi să crezi că poți face orice cu mine. Da, știu, nu s-a mai întâmplat și da, pricep, ai avut motivele tale. Hai că mă îmbrac, sun la taxi și vin încolo.

- Te aștept!

- Pa!

- Pa!

După ce închid telefonul, simt o bucurie pe care încerc să mi-o explic. Este mult prea mare având în vedere incidentul de astăzi. Ceva acolo, în sufletul meu, începe să facă fructe. După vreo patruzeci de minute, ajunge la mine, cu o falcă-n cer, cu una în pământ. Mi se pare că exagerează și nu acordă importanță situației de astăzi, dar prefer să tac. Ne-a ajuns un moment tensionat pe ziua de astăzi.

- Hai să ne punem în pat, Adam! Mor de somn.

- Ok, îi răspund puțin dezumflat.

- Lămurim mâine dacă mai este ceva de lămurit.

- Nu mai este nimic de lămurit. Lucrurile încep să se clarifice.

- Adică? mă întreabă curioasă.

- Vorbim mâine, nu așa ai spus?

- Nemernic ce ești!

O sărut, o iau în brațe și plecăm împreună pe tărâmul viselor. Mă rog, ea a pornit spre tărâmul viselor, căci eu nu puteam să adorm. Îmi treceau mii de gânduri prin cap şi număratul oilor nu mă ajuta deloc.

- Ce ai pe suflet ? o aud mormăind, pesemne că s-a trezit.

- Nimic. Întoarce-te la somn, voi încerca şi eu să adorm.

- Nu pot să dorm când ştiu că eşti îngrijorat, că ceva te macină şi că, cel mai probabil, eu sunt motivul gândurilor ce nu-ţi dau pace. Vreau să ştiu ce ai pe suflet şi de ce nu poţi dormi. Şi vreau să o ştiu acum, nu dimineaţă, nu mâine, nu în altă zi, căci vreau să ne liniştim amândoi. Este spre binele amândurora.

- Ştii ce mă apasă? Gândul că un alt bărbat mi te va putea lua şi că tot ceea ce am construit în aceste aproape două luni se va duce dracului. Şi, deşi nu-mi place, recunosc faptul că am început să pun suflet în ceea ce avem noi.

- De la discuţia cu fostul meu iubit presupun că ţi-au apărut temerile acestea, aşa-i?

- Da. M-a şocat răspunsul tău, acel „nu acum”, de parcă eu aş fi doar o etapă ce va fi cu siguranţă trecătoare. În fine. Poate că această noapte nu este cea mai bună noapte pentru noi doi. Se mai întâmplă şi astfel de momente.

- Înţeleg. Dă-mi voie să-ţi spun că nu vreau nimic mai mult decât persoana ta. Vreau să-ţi ţin sufletul la piept, să-ţi iubesc trupul, să-ţi simt degetele plimbându-se pe spatele meu, să-ţi simt buzele pierzându-se printre ale mele. Te rog să mă crezi, pentru că nu eşti singurul care a început să pună suflet în relaţia asta.

- Da, mă bucur să aud asta…

- Crede-mă că tu îmi eşti mai mult decât suficient, mi-ai oferit clipe frumoase, mi-ai dat linişte, siguranţă şi satisfacţie. Nu poate să mă fure cineva, decât dacă m-ar lua împotriva voinţei şi sentimentelor mele. Linişteşte-te, nu plec nicăieri. Lasă-mă să-ţi demonstrez că nu sunt doar vorbe goale! Dar, pentru asta, ştii şi tu că am nevoie de timp, că nu pot pocni din degete şi gata, ţi-am demonstrat că sunt sinceră.

- Bine, așa am să fac. Hai să dormim!

Știți de ce nu țin relațiile? Să vă zic cam ce cred eu, pus în situația de a mă gândi care ar fi o parte dintre motivele pentru care relația mea cu Iulia ar putea să se destrame.

Cred că o relație nu mai durează în momentul în care ajungem să nu ne acceptăm unul altuia nici maturitatea, nici imaturitatea. Că dacă este prea matur, parcă este prea de tot. Dacă este prea copil, iar este nasol. De asemenea, în momentul în care nu putem înțelege că trebuie să-l acceptăm pe cel de lângă așa cum este, fără a ne repezi să-l schimbăm după bunul plac, atunci ajungem pe marginea prăpastiei. Și, cel mai probabil, vom și cădea în ea.

O relație nu mai durează pentru că femeia vrea să fie prea femeie ori bărbatul să fie prea bărbat. Din ce în ce mai rar, vrem să fim egali unul celuilalt. Or, durabilitatea implică egalitate. Uneori, suntem tentați să tratăm conviețuirea ca pe-o cursă care pe care. Ceea ce, din punctul meu de vedere, nu aduce nimic bun.

O relație se termină în momentul în care ne oprim din a îl asculta și pe celălalt. Doi oameni se pot înțelege cu adevărat abia atunci când acceptă să pună pe masă totul și să separe binele de rău, adevărul de minciună și așa mai departe.

Se va încheia pentru că oferim așteptând ceva mai mult decât am oferit. Și, știu, cei mai mulți neagă și spun că nu primesc suficient – cine stabilește suficientul? Tu sau celălalt? Nu, suficientul se stabilește în doi, nu fiecare pentru el.

De asemenea, un alt motiv pentru care relațiile eșuează este pentru că ajungem ne furăm unul altuia libertatea – de la cea a opiniilor, la cea în care nu putem ieși în oraș cu prietenii. O relație este un parteneriat, nu un prizonierat, din punctul meu de vedere. Și, vorba aia, dacă vrea să te înșele, va găsi modalitatea să o facă.

O relație se termină atunci când unul începe să se bată cu dreptatea în piept în fața celuilalt. Răcnește că doar el are dreptate. Sau când unul dintre cei doi crede că deține adevărul absolut, iar celălalt nu deține nimic. Într-un cuplu, chiar este nevoie de echilibru.

O relație se termină când mai mult ne vorbim decât să facem, când începem să credem că am oferit suficient, iar acum e cazul să stăm cu burta la soare și să vedem doar ceea ce nu ne mai convine.

Asta mi-a trecut prin cap înainte de a adormi.

Dimineață, m-am trezit destul de târziu, dar de aia există weekend-ul, nu? Pentru somn lung, lenevit în pat, băut cafeaua în liniște. Și iubit.

- Bună dimineața, mormăie Iulia de sub plapumă.

- Neața! Mă duc să pregătesc cafeaua.

- Bine, eu mai lenevesc vreo zece minute în pat, apoi voi veni și eu în bucătărie.

Ajuns în bucătărie, după ce am pus apa la fiert, îmi trece o idee prin cap. Ce-ar fi dacă aș scrie undeva ceea ce gândesc? Un fel de jurnal, zic. Abia aștept să-i spun și Iuliei ideea ce mi-a venit.

Când turnam apa în căni, o văd că intră în bucătărie:

- Iulia! Mi-a venit o idee, îi spun entuziasmat.

- Bine că nu ți-a venit ciclul, îmi răspunde cu urme de somn pe gene.

- Cineva încearcă să fie amuzant în dimineața asta. Ce-ar fi să-mi fac un jurnal în care să scriu tot ce gândesc, ce simt, ce cred? Cum ți se pare ideea?

- Interesantă. Și-ai să-l ții sub cheie? mă întreabă într-un mod ironic.

- Evident, doar nu crezi că ți-l voi arăta.

- Eh, atunci tocmai a devenit o idee proastă.

- Super!

Ne aprindem o țigară - cred că cea mai bună țigară este cea fumată dimineața, cu o cafea caldă alături. Ea se uita pe geam, încercând să se trezească, iar eu mă gândeam la acel jurnal, Jurnalui unui Adam. I-am găsit și titlu deja! Haha! Și am să încep să scriu chiar de astăzi!

Nerăbdător din fire, îmi las țigara atârnată de scrumieră și fug în cameră, căutând un caiet căruia să-i acord înaltul titlu de jurnal personal. Ah, uite, l-am găsit! Revin cu el și cu un pix în bucătărie, moment în care Iulia face ochii mari și exclamă:

- Doar nu te apuci să scrii acum!

- Ba da, imediat cum îmi termin țigara, îi răspund, nerăbdător să îi fac cunoștință pixului cu foile, cele ce-i vor deveni cele mai bune prietene.

- Ok. Apropo, ai mai vorbit cu Andrei? Ce mai face?

- N-am mai vorbit. Am să-l sun astăzi. Mulțumesc că mi-ai reamintit!

- Halal prieten ești, bă!

- Apreciez! Gata, acum lasă-mă să scriu!

- Vrei să plec de aici sau de ce anume ai nevoie, micule Tolstoi?

- De liniște.

- Du-te mai bine în cameră, la birou, și scrie acolo. Aici mă voi apuca să gătesc și nu cred că vei avea parte tocmai de liniște.

- Ok!

O sărut și plec în cealaltă cameră. După ce mă așez la birou și deschid caietul, simt cum o întreagă lume mi se deschide în față. Este o senzație ciudată, pe care sigur nu am mai experimentat-o până acum.

Pun pixul pe foaie și încep să scriu:

---

***Când devine indiferentă o femeie?***

*Evident, după ce-i calci sufletul sub ghetele tale, numărul 42. După ce l-ai plimbat pe ală micu' dintre picioare pe la altele. După ce te-a prins când îi spuneai pe Facebook alteia că abia aștepți să o vezi, că ai vrea să o... – și, mai mult ca sigur, te-a trimis de urgență la ea. După ce ți-a dat tot și tu i-ai luat tot. După ce ai promis și ai uitat de promisiuni, făcându-te că plouă.*

*Nu, să nu confunzi indiferența cu ura. Ea nu-ți va dori răul. Nu o să îți mai dorească nimic. Te va lăsa în pace, să-ți vezi de treaba ta.*

*Femeia este puternică, poate duce multe chestii în spate chiar dacă o cocârjează cele două plase când vine de la piață. La nivel psihic, duce mai mult decât îți închipui. Și acceptă, și înțelege, și iartă, doar pentru că-i place să creadă în bărbatul din fața ei, cel care i-a promis că totul va fi bine.*

*Dar, când individul sare calul, când ea simte că s-a umplut paharul ori că tipul a pus cireașa pe tort, femeia devine icebergul din Titanic, iceberg de care se vor frânge toate rugămințile tale, toate acele „îți cer iertare" penibile și inutile. Când calul va fi sărit, măsura va fi depășită, ei bine, ea ajunge să regrete prezența bărbatului în viața ei, să-și regrete deciziile, căci toate au condus la o altă dezamăgire. Or, dezamăgiri poate găsi la orice pas.*

*În schimb, e mai greu să găsească acei bărbați sinceri și responsabili despre care a tot auzit. Da, probabil, lipsa norocului e de vină. Indiferența femeii la care ții, dar pe care nu ai ezitat să o dezamăgești, doare ca dracu'!*

*O vrei și nu o mai poți avea. Îți spui că-i trece, o lași să se mai calmeze, dar când revii, ea este tot de neînduplecat. De ce? Probabil, pentru că s-a săturat să-ți înghită aceleași clișee. Poate că a înțeles că ea este mai importantă, că nu poți să-i fii fericirea dorită, bărbatul matur și asumat.*

*Nu știu, tu fă cum vrei, dar când o să o simți distantă și la distanță de tine, înseamnă că nu te-ai ținut de cuvintele rostite la începuturile voastre.*

---

După jumătate de oră, acestea erau cuvintele ce le-am așternut pe foi. Am simțit că, într-un fel, mi-am pus sufletul acolo. Este ciudat atunci când scrii, când te deschizi, în primul rând, față de tine și lași să iasă la suprafață tot ceea ce gândești, tot ceea ce simți. Recomand oricui ca, din când în când, să pună pe foaie ceea ce-i trece prin cap ori prin suflet. Uneori, vindecă. Alteori, trezește.

Revin în bucătărie, unde Iulia s-a apucat de gătit.

- Gata, iubitule, ai scris ceva? mă întreabă curioasă.

- Da. Te pot ajuta pe aici?

- Dacă vrei să mă ajuți, curăță și tu cartofii ăia, te rog. Despre ce ai scris?

- Nu pot să-ți zic, îi răspund în timp ce mă apuc să-i curăț.

- Ești ca un copil mic acum. Dar îți respect decizia.

- Mi-e aiurea, un soi de rușine.

- Nu cred că ai motive, dar fie cum spui tu. Nu vreau să te stresez cu asta. Tu știi cel mai bine. Mă bucur că ai găsit să faci ceva ce-ți place.

- Da, momentan îmi place, însă vom vedea ce va fi.

- Te-ai gândit să-ți faci un blog, ceva? Să scrii și să le arăți și altora?

- N-am curaj să fac așa ceva. Dacă nu mă simt pregătit să-ți arăt ție, cum crezi că voi putea să o fac în fața unor străini?

- Păi nu știu, poți scrie sub pseudonim și scapi de stresul acesta. Zic și eu, poate că ar trebui să te gândești și la asta.

- Da, mă voi gândi.

După ce-am terminat de curățat, spălat și tăiat cartofii pentru piure, pun mâna pe telefon și-l sun pe Andrei.

- Ce faci, mă? îl întreb după ce-mi răspunde.

- Stau, mor de plictiseală. Tu? Ți-ai luat cele necesare pentru nuntă?

- Nu, încă nu am avut timp. Eu am terminat să o ajut pe Iulia prin bucătărie și te-am sunat să văd cum mai ești.

- Sunt bine, nu-ți face griji! Dă-le-n morții lor de femei! Toate-s nenorocite, bă!

- Andrei, știi că asta nu este cea mai sănătoasă gândire, nu? Ba chiar este una mediocră, or, eu am alte așteptări de la tine.

- Mda... păi și ce vrei să-ți spun? Femeile sunt viața mea sau ce anume vrei să auzi de la mine?

- Nu vreau să aud ceva anume. Vreau doar să înțelegi că sunt oameni și oameni, evenimente și evenimente. La fel cum nici ție nu-ți place și ți se pare deplasat când o femeie spune că toți suntem niște porci insensibili, la fel este și în situația de față.

- Da, pricep, dar asta chiar era curvă, frate!

- Curvă? Nu știu ce să zic. Nu cred. Curvele-ți cer bani, Andrei! Restul sunt oameni mincinoși. Am fost și eu cândva pe acolo, te asigur. Uneori, oamenii greșesc enorm față de cei cărora chiar le pasă de ei. Însă, zic eu, ar fi bine să ne liniștim și să nu vorbim fără să gândim. Oricum, n-ai să mori dintr-atât!

- Cine a zis ceva de a muri dintr-atât? Sunt conștient că există femei cât cuprinde. Hah, doar știi și tu că-s mai multe decât bărbații.

- Da, știu, dar cred că asta cu „cât cuprinde" este relativă. Degeaba sunt multe dacă niciuna nu este cea potrivită.

- Crezi că voi mai încerca curând să mă potrivesc cu vreuna? Nici nu-mi mai trece așa ceva prin cap! Nu, tati, sex și pa! Am 22 de ani, ce pana mea?! Am o singură viața și dacă acum nu profit de ocaziile astea, când să o fac?

- Băi, faci cum crezi tu. Mă bucur că ești bine! Hai mâine pe la mine, că scap de cursuri la ora două. Până vine Iulia, mai povestim și noi despre ce s-a întâmplat.

- Bine, ok, vin pe la trei la tine. Apropo, tu ești bine?

- Da, nu-ți face griji! A trecut.

- Bine, hai, spor la treabă! Ne vedem mâine!

- Pa, pa!

Frate, sper să nu înceapă și ăsta cu femeile-s curve! Sper să aibă mai multă minte decât toți proștii care știu doar placa asta. Înțeleg că atunci când sunt răniți, oamenii tind să generalizeze. Dar dacă ai suficient creier, pricepi că este greșit. Cel mai sigur, în cazul lui Andrei, este o chestie de moment ce va dispărea în următoarele zile. Desigur, există și despărțiri care pot schimba mult un om - uneori, în bine; alteori, în mai rău. Da, există și oameni care după ce sunt răniți încep și ei să rănească chiar dacă cei pe care îi rănesc n-au nicio vină pentru ce li s-a întâmplat. Este încurcată natura umană, dar, cred, tocmai de asta este fascinantă.

Restul zilei a decurs normal - mâncare, stat împreună și vorbit despre vrute și nevrute, uitat la serial, făcut sex. *Simple as fuck*, vorba englezului!

Luni, când m-am întors de la facultate, am intrat până în magazin să iau niște bere dacă tot vine Andrei pe la mine.

Chiar aveam chef de povești, așa ca între băieți, iar până ajunge Iulia acasă, îmi umplu timpul cu ceva.

Nici bine n-am ajuns, când aud bătăi puternice în ușă. El este, căci îi cunosc deja modul în care își face simțită prezența. Pur și simplu, compune din ciocnituri. Un talent desăvârșit, aș spune.

I-am deschis. Era neras, îmbrăcat de parcă a căzut un dulap peste el, după care a rupt-o la fugă spre mine. De data asta, nu mai era bine dispus, așa cum este el în general, ci părea morocănos. Ca formă de salut, mă întreabă dacă avem bere. Îi arăt frigiderul în timp ce îi aduc la cunoștință că, undeva, pe drum, și-a pierdut cei șapte ani de acasă. Dar era amicul meu, trebuia să-l accept aşa cum este el.

Şi-a luat berea, s-a aşezat pe scaunul din bucătărie, iar după o gură de bere, din care golise un sfert de sticlă, îmi spune:

- Băutura asta trebuie interzisă femeilor, băi, Adam!

- Nu multe femei beau bere. Li se pare o băutură grosolană, îi spun.

- Foarte bine, foarte bine, şi mai luă o duşcă.

- De când ai devenit misogin? îl întreb surprins de atitudinea lui.

- De când mi-am dat seama că femeile astea nu merită prea multe de la noi, de la bărbaţi, îmi spusese fluturând mână a plictis.

- Dacă te-ai ars o dată, crezi că toate-s la fel, idiotule? Ai iubit vreodată măcar?

- Eu? Crezi că am înnebunit? Femeia nu trebuie iubită, altfel îşi va lua lumea în cap. Am pus puţin suflet în relaţia cu Alexandra şi uite ce-am păţit! Ia stai niţel, tu o iubeşti?

Știam cum urma să reacționeze dacă îi spuneam un simplu „da”. Dar oricum l-aş fi mințit, pentru că nu simțeam că este iubire între mine și Iulia. Totuși, decid să-l mint, în speranța că-i voi închide gura.

- Da, o iubesc. Dimineața, seara, în miezul zilei, eu simt că o iubesc. Și poți să-mi spui că am înnebunit, că poate ar trebui să termin cu prostiile de genul, că poate trebuie să fut cam tot ce prind. De fapt, poți spune orice, nu îmi va păsa foarte tare, prietene.

- Așa este, barosane! Ești cam țânc. La vârsta ta, ar fi trebuit să știi că femeia și distracția nu merg mână în mână. Și ar fi trebuit să alegi distracția, pentru că așa sigur nu riști să pățești ceva nasol. Cine știe ce ți-o face și ție Iulia. Doar este prietenă cu Alexandra.

- Nu știu de ce nu sunt surprins absolut deloc. Ba chiar, parcă îți creionasem, în minte, vorbele.

- Ai minte? Mă întrerupse și izbucnise în râs.

- Am și minte, dar am și-un suflet ce ar trebui îngrijit. Și distracția nu ți-l poate hrăni pentru multă vreme, Andrei!

A început să râdă din nou, de data asta mai tare.

- Ce gay ești, bă! Femeia trebuie fututǎ mai întâi, iar, mai apoi, dacă merită, trebuie iubită. Sincer, mie-mi place mai mult libertatea decât consimțământul. Prefer să pot să îmi plimb ochii și pe trupurile altor femei, nu să mă rezum doar la același trup, piele, sâni și fund. Pot să ies la cafea, bere, vin, cină cu cine îmi poftește sufletul. Pot face sex cu câte femei vreau eu. Ce-i drept, trebuie să fie și ele de acord, altfel apar niște implicații legale. Dar pot face tot ceea ce vreau, fără a deranja pe cineva, fără a fi limitat. Dar tu? Tu nu mai poți face acum nimic din toate astea!

- Te-a afectat serios întâmplarea cu Alexandra. Și apoi, fiecare își definește fericirea după cum îi dictează propriul suflet, iar dacă pentru tine se rezumă la bucățele de libertate, în cazul meu se rezumă la a găsi omul alături de care pot petrece o viață. Și-n distracție sigur nu voi găsi acel om. Iar despre libertate, ei bine, libertatea o poți avea și când împarți gânduri, dimineți, un pat și un scop. Atunci când găsești, după lungi căutări, femeia cu care te potrivești, știi că merită să renunți la toate celelalte perechi de sâni.

- Pe de-o parte, abia aștept să-ți revii și să mă suni, să-mi spui să-ți fac rost de niște perechi d-alea! Crezi că dacă ai, pentru o vreme, o femeie în pat, în casă, în suflet, în mâini și totul merge strună, nimic nu vă poate deranja mica voastră „afacere”? Cel mai rău lucru pe care și-l poate face un om este să se mintă și să-i acorde celuilalt toată încrederea.

- Știi ce nu înțeleg? De ce erai atât de încântat de conviețuirea cu Alexandra? De ce erai atât de supărat după ce ți-a tras-o? Dacă pentru tine era așa, o distracție, de ce te-ai mai consumat?

- De prost! Am coborât garda ca un prost.

- Nu despre gardă este vorba, Andrei! Știu că ți-a plăcut și poate încă-ți mai place Alexandra. De ce alegi să faci pe viteazul cu mine, prietenul tău? Crezi că mă poți minți, având atitudinea asta ciudată și deloc specifică ție? Te cunosc, omule!

- Mă cunoşti pe naiba! Ştii tu să fi avut eu vreo relaţie serioasă, în care să pun suflet? Garantat că nu ai cunoştinţă de aşa ceva, pentru că nu a existat. N-am fost eu când m-am simţit trădat, n-am fost eu când am lăsat garda jos. Am 22 de ani, ce dracului! Doar n-o să mă leg la cap de pe acum! Am timp, căci este de partea mea!

- Nu cred că există un timp potrivit când vei găsi un om, ci doar un om potrivit care te va găsi cândva. Poate când te aştepţi mai puţin.

- Da, da, bine, Adam!

- De ce ai mai venit aici dacă ştiai că vom purta o conversaţie de căcat?

- Speram să beau o bere pe banii tăi, îmi răspunde rânjind.

- Inteligent! Bravo, mi-a plăcut răspunsul!

- Nu te-ai supărat, nu? Doar nu eşti vreo pipiţă care se simte ofuscată la orice vorbă?

- Nu sunt supărat deloc. Sunt uimit. Nu te ştiam aşa, nu ştiam că îţi place să negi ceea ce simţi şi că afişezi o imagine de Don Juan. Te ştiam un tip asumat şi responsabil.

- Ei bine, uite că m-am schimbat! Mi-am dat seama că este mai bine să mă doară-n pulă de tipele ce-mi trec prin pat decât să mi se rupă sufletul după vreuna ca asta, Alexandra.

- Înțeleg, dar să fii conștient că nu toate-s la fel. Și apoi, știi că există o karma, o roată care se întoarce.

- Sigur! Abia o aștept pe doamna Karma să mi-o tragă. Hai că te las, la ora patru am o întâlnire cu o tipă și nu vreau să o ratez. E bună rău asta!

- Ok. Mult succes!

Am închis ușa în urma lui și mă gândeam cât poate fi de superficial. Și el îmi spunea mie că mă mint singur. Ipocritul! Eh, o să-și revină el după ce va mai da de câteva ori cu fundul de pământ și se va mai coace în urma unor asemenea fapte. De fapt, sper ca ăsta să fie efectul, nu cel invers, în care devine și mai înverșunat.

Niciodată nu am înțeles oamenii care, după o dezamăgire, se hazardează să generalizeze. Bărbații să spună că femeile sunt curve, iar femeile că bărbații sunt porci. De ce cădem în capcană atât de ușor?

Referitor la bărbații care ajung să facă toate femeile curve, să le bage pe toate în aceeași oală, mie personal mi se pare că-s puțin cam mitocani. Nu spun că nu există femei ahtiate după una, după cealaltă, care au intenții ascunse și ți-o trag pe la spate. Și mai sunt prostituatele, denumite generic curve, cele care te taxează și-ți rup chitanță pentru a le intra între picioare - dar aici e altă mâncare de pește.

Dar când un tip numește orice femeie curvă doar pentru că așa i se scoală lui, nu mai găsesc vreo explicație câtuși de puțin logică. Cred că bunul simț ar trebui să îl oprească să emită astfel de judecăți. Câte femei nu au fost făcute curve, fără absolut niciun motiv? Câte femei au fost lovite cu astfel de cuvinte pentru că au avut curajul să spună NU atunci când au simțit că așa este cel mai bine? Câtor femei nu li s-a spus că-s curve pentru că relația a eșuat, fără ca vreunul dintre cei doi să o comită într-un fel condamnabil? Cred că sunt destule.

Și, mă rog, de ce au trebuit unele nevinovate să îndure toate jignirile astea? Pentru că unul dintre încuiații ăștia a vrut să se considere bărbat și a ales cea mai proastă soluție, cea mai primitivă variantă? Pentru că nu putea să o satisfacă nici intelectual, nici fizic și femeia a ales să fie fericită de una singură?

Cred că peste 85% dintre apelativele de acest gen au fost atribuite în mod gratuit, iar restul de 15% la nervi când au aflat că au fost înșelați, cum e cazul lui Andrei, dar vorbitul ca ușa cortului nu rezolvă situația absolut deloc. Parcă mahalageala asta ieftină nu este de nasul unui tip care se vrea a se numi bărbat.

Acum, ce-i drept, fiecare cu apucăturile lui, însă nu este deloc inteligent să jignim și să generalizăm pe baza unei experiențe. În fine…

Simt nevoia să scriu. Niciodată nu am știut despre ce voi scrie, ci, abia după ce am pus pe foaie pixul, mi-am dat seama despre ce voi scrie.

*Ce înțelege un prost când femeia spune „nu te mai vreau!”?*

*Că este o curvă. După ce i-a dat totul, adică două cafele, respectiv 12 RON pentru care plânge acum, ea este atât de nesimțită și pleacă. De fapt, nesimțită este un cuvânt frumos pentru gura lor. Este curvă, căci în capul lor o curvă ad literam și fosta lor iubită respectă aceleași criterii. Dar uită că alături de acea femeie, nu au avut parte doar de sex, ci și de zâmbete, sprijin, fericire. Cu o curvă ad literam doar ți-o pui, fără țigara de după că ea are clienți și nu are timp de tine. Vezi, se conturează deja o diferență enormă între o curvă și fosta ta iubită – timpul și atenția pe care ți-o acorda.*

*Că sigur are pe altul. El este atât de bun încât nu putea fi părăsit, abandonat în mijlocul străzii de o femeie. Cel puțin în capul lui. Sigur și-a băgat vreun fraier coada și, de fraieră ce este femeia de lângă, a căzut în păcat. Bine, deși nu are nicio dovadă, deși femeia de lânga a explicat clar care sunt motivele pentru care nu și-l mai dorește, prostul tot prost rămâne și va apela, pe lângă scenariile lui, și la punctul de mai sus – femeia tot curvă e.*

*Că este proastă și se va întoarce în genunchi. Prostul suferă de grandomanie, asta e clar. Deși prestația lui a fost mai puțin decât modestă, are impresia că este cel mai bun bărbat ce-i poate fi dat fostei lui. Altul ca el, mai rar. Poate, mai rar atât de prost. Are impresia că la picioarele lui stau femeile cu sutele, că femeia care a plecat o să se perpelească de regret și dor.*

*Însă mare-i este mirarea când va realiza că femeia pe care a avut-o alături nu este nici curvă, nici nu are pe altul și nici nu regretă.*

*A avut totul în mâini, dar nu a știut ce să facă cu ce avea. E simplu.*

---

N-are vreo legătură cu Andrei și modul în care s-a comportat când a venit la mine, ci asta a fost ceea ce mi-a trecut prin cap, ceea ce voia să prindă viață pe foile albe ale caietului.

În sfârșit, la puțin după ce am terminat de scris, a ajuns și Iulia acasă. Am sărutat-o și am întrebat-o cum i-a fost ziua. Mi-a spus că a îndurat plictiseala cu stoicism. Uneori, mă întreb de ce trebuie ca unii profesori să-și facă extrem de plictisitoare cursurile, de parcă încă trăiesc sub oblăduirea marelui Nicu. Păcat de faptul că unii își bat joc de tot ce înseamnă educație!

Așa cum se întâmplă cu cei pe care-i roade lenea, am dat comandă la o pizzerie. După vreo oră ne-a ajuns mâncarea, iar după alte treizeci de minute ne-am așezat în pat și am început să ne uităm la serialul ce a început să ne bântuie timpul liber. Așa-i în studenție, nu? Termini zeci de seriale în cei trei-patru ani.

Însă, odată cu lăsarea serii, hainele au început să dispară de pe noi. Îi simțeam pielea fierbinte, îi simțeam mâinile umblând haotic pe trupul meu. Mă oprește din sărutat și-mi spune că vrea să-mi arate ceva. Dau din cap în semn de încuviințare, timp în care o văd că se retrage spre capul patului și se sprijină de tăblia sa.

Își îndepărtează picioarele, lăsând la vedere centrul plăcerilor. Își umezește degetele, după care începe să se masturbeze, privindu-mă din când în când într-un mod provocator ce mă tulbura de-a dreptul.

Își lasă capul ușor pe spate și continuă să își producă singură plăcere. Parcă-n ciuda mea. Din când în când, câte-un deget lua calea prăpastiei, dacă înțelegeți ce vreau să zic.

Cred că unul dintre cele mai incitante momente pentru un bărbat este acela în care femeia se masturbează în fața lui. Să vrei să fii parte din plăcere, dar să știi că n-ai voie - tot ce este interzis este cu mult mai râvnit, nu?

A crescut ritmul cu care-și atingea clitorisul, pesemne se apropia de apogeul păcatului vinovat. Se uită la mine în timp ce ajunge la orgasm, fapt ce m-a făcut să ignor că nu aveam ce căuta în nebunia ei. O trag spre mine, îi ridic picioarele pe umerii mei și o pătrund adânc. Simțeam că dacă nu fac asta, îmi va exploda ceva. Au urmat momente în care totul din jurul nostru a dispărut, rămânând doar corpurile noastre într-un dans erotic, schimbând din când în când priza.

O simțeam tot mai umedă, ceea ce înseamnă că orgasmul trebuie să fie aproape. Foarte aproape. Se pune capră și mă îndeamnă să-mi duc la bun sfârșit treaba.

În timp ce o prind de șolduri, îi simt pielea zburlită și broboane de transpirație ce sunt dovada clară a unei partide pe cinste. Cine nu transpiră când face sex, cred că n-o face așa cum trebuie. Sau cu cine trebuie.

Ajungem amândoi în același timp la orgasm, lucru pe care l-am trăit rar până acum. Mă sărută, în semn de mulțumire. După câteva minute în care ne-am revenit, am început să vorbim.

- Știi unde să atingi o femeie ca să-și arcuiască spatele? mă întreabă, de parcă n-ar fi fost deja evident că știu.

- Nu este deja evident că am idee? o întreb extrem de sigur pe mine.

- Știu că ai în cap multe locuri unde să o atingi încât să-şi arcuiască spatele de plăcere, dar lasă-le pentru mai târziu. Nu despre astea vorbesc acum.

- Atunci habar nu am la ce te referi, îi răspund, dând din umeri întrebător. Însă lămurește-mă, te rog!

- Unei femei, prima şi prima dată găseşte-i punctul S. S de la suflet. Cu o vorbă, cu o îmbrăţişare, cu un sărut pe frunte, cu o floare, cu o încurajare. Arată-i că o apreciezi şi o accepţi aşa cum este şi că nu vrei să schimbi la ea nimic, ci doar vei încerca să-i explici ce-i bine şi ce-i rău pentru ea.

- Aha, și ce legătură are asta cu atinsul și cu arcuitul spatelui? mă aflam într-o și mai mare confuzie.

- Păi, lasă-mă să-ți explic. Știi cum să o atingi? La început, încet cât să nu se retragă, pe parcurs poţi să apeşi pedala, să-i dai fiori pe șira spinării, apoi iar încet şi tot aşa. Să nu te simţi aiurea când trebuie să-i săruţi și sufletul, nu doar buzele. Şi ştii că o atingi bine abia atunci când spatele i se arcuieşte de la atâta plăcere, când iubirea îi înmoaie sufletul, când i se umezesc ochii.

- Mamă, frate! Ce filozofii de viață! Ne mai întrebăm dacă vom putea vreodată să vă înțelegem. Mai există și alte secrete de acest fel?

- Sunt multe secrete pe care dacă bărbatul le știe, femeia sa va fi cea mai fericită și, la rândul ei, îl va face cel mai fericit. Ei bine, când ai de-a face cu o femeie, fă-o să se simtă atât de bine încât să uite de temeri ori de tristeţi ce-i tăiau cheful … de viaţă. Nu-i lăsa răgaz încât colţurile gurii să-i coboare. Fă-o să urle de plăcere, acea plăcere pe care o simte doar un om fericit. Las-o să-şi înfigă unghiile în tine încât să simtă că îi aparții doar ei, pentru că femeile chiar au nevoie de siguranță.

- Și bărbații au fix aceleași nevoi, Iulia! îi atrag atenția ușor iritat de cele spuse în finalul pledoariei sale. Mai este?

- Te plictisesc? Nu? Ok, păi mai este o parte - o femeie care-și arcuiește des spatele în prezența bărbatului ei este o femeie fericită, care nu îl va părăsi pentru o aparentă fericire. Şi, desigur, bărbatul trebuie să combine toate aceste atingeri cu sexul de calitate. Când iubeşti o femeie, vei face tot ce poţi pentru a-i oferi maximul de plăcere, i te vei dedica trup şi suflet doar pentru a o vedea zâmbind.

- Ok, și femeia nu trebuie să facă nimic? Doar să primească? De dat, cum facem, rămâneți datoare, vă trecem pe caiet? Ă?

- Nu, Adam. Eu ți-am vorbit strict din perspectiva unei femei. Cam ce așteaptă ea de la cel alături de care se trezește de dimineață. Acum, poate că nu toate se încadrează aici, altele poate că își doresc alte lucruri. Evident că și noi vom face tot posibilul să vă vedem fericiți, vom munci cot la cot cu voi pentru fericirea cuplului. N-am spus că noi doar așteptăm și doar voi trebuie să oferiți, că nu-s așa încuiată încât să cred că dacă mi-a dat ăl de sus vagin conduc lumea.

- Am înțeles. Mi se părea că o duci într-un... nici nu știu cum să-i spun, că nu este feminism, ci un fanatism pe baze sexuale. Mă rog, nu cred că există termenul acesta, dar înțelegi ce vreau să spun, nu?

- Da, pricep, dragule. Ți-am lăsat eu vreodată impresia că dacă am pizdă sunt mai cu moț? Ți-am lăsat eu vreodată impresia că dacă-s purtătoare de vagin, îmi permit să calc orice bărbat în picioare, să cer câte-n lună și stele? Cred că nu. Repet, nu-s ca proastele alea care cred că ele-s buricul pământului și bărbații sunt cea mai proastă invenție, iar ducând la extrem gândirea lor de rahat, mai că și-ar dori să dispară penisurile de pe fața pământului. Eu cred în egalitate, tu dai ceva, eu dau ceva, noi suntem fericiți. Cam așa, un fel de ecuație într-un mod extrem de simplist.

- Am înțeles. Începusem să mă îngrijorez că ascunzi o latură de acest gen.

- Stai liniștit! O fi rău cu bărbați, dar mult mai rău fără ei. La fel cum, cred eu, considerați și voi, taurașilor!

Ne-am pus să dormim, frânți de ziua care tocmai a trecut. Este un sentiment aparte când în dreapta ta, în același pat, zace omul pentru care ai sentimente puternice. Deși, până acum, n-aș fi crezut că simt foarte multe pentru Iulia, când am închis ochii, m-am convins că sentimentele mele pentru ea încep să crească, să devină mature, asumate, responsabile, sincere. Dar, pentru moment, n-am să-i spun ce simt, de teamă că acest lucru m-ar putea pune într-o poziție de inferioritate.

Dis-de-dimineață, ne-am trezit, ne-am pregătit pentru facultate și am tăiat-o înspre locul nostru în care se decide viitorul. Eu aveam două cursuri, până la ora două, iar Iulia avea să ajungă acasă abia pe la ora opt, ziua de marți fiind un maraton de cursuri și semninarii pentru ea.

Ajuns acasă, pentru prima dată în cele două luni și ceva, i-am simțit lipsa - a fost ca un semnal de alarmă tras de suflet, atenționându-mă că mă apropii periculos de un tărâm destul de alunecos. Îmi spun că nu este nimic rău în a simți dorul, căci, în fond şi la urma urmei, este unul dintre sentimentele care ne amintesc cât suntem de vii.

Îmi dau seama că de când am început relația, nu am avut timp să analizez foarte bine, în detaliu, circumstanțele în care aceasta s-a materializat, lucrurile ce s-au întâmplat în cele două luni, senzațiile pe care le-am trăit, gândurile ce mi-au trecut prin cap şi fiorii ce mi-au străpuns sufletul. Da, sunt un tip care pune accent şi pe logică, pentru că a te arunca inconştient cu capul înainte în dragoste, deseori, înseamnă condamnare la chin. Cel puțin, aşa consider eu, ca atare prefer să rumeg situația foarte bine, încât să-mi dau seama, din timp, dacă sunt lângă omul potrivit.

Dacă vrei senzaţii tari, dacă vrei să te simţi ca în armată când faci instrucție, dacă vrei să-ţi fie aşezate hainele mai ceva ca cele din magazine, invit-o să se mute la tine.

Nu ştiu cum mama dracului, dar femeia are în sânge o genă de mic general, ştie să comande: pune-ţi şosetele la locul lor, ia-ţi chiloţii din baie, spală-ţi farfuria, aruncă-ţi pachetul de ţigări gol la gunoi, ia-ţi hainele de pe canapea şi tot aşa. Cel puțin, aşa au fost zilele petrecute cu Iulia.

Şi mai are şi-un instrument de şantaj pe care-l foloseşte uneori: nu mai pupi sex în seara asta. E tragic, mai că-ţi dau lacrimile când o auzi. Futu-i! Și îi spui că îți iei chiloţii din baie, arunci şi pachetul de ţigări undeva unde să nu se mai vadă, hainele de pe canapea le înghesui în maşina de spălat, chiar dacă mare parte dintre ele erau curate – aşa se salvează timpul, astfel încât să fie mai mult de petrecut în doi și ea să fie fericită că totul e la locul lui.

Deşi s-a mutat la tine-n apartament, se simte ca la mă-sa acasă. Nu că ar strica puţină ordine în viaţa unui bărbat, dar parcă unele sunt prea de tot. Jur că le-aş propune femeilor să conducă una dintre armatele lumii, căci sunt convins că ar face-o cu mână de fier. Ce Antonescu, ce Napoleon? Ăștia doi ar părea doi începători pe lângă o femeie.

Pot spune cu mâna pe inimă că unde este prezenţă feminină, într-un fel sau altul, este şi ordine. Chiar dacă prin apartament lucrurile mai zboară (deși ea nu este prea fericită de acest aspect), măcar în viața bărbatului este ordine, liniște și pace.

Cam astea sunt faptele, iar concluzia, după zilele petrecute împreună, este că dacă o inviți să se mute la tine, te asigur că vei avea ordine și în apartament, și în viață. Ceea ce, dacă mă gândesc puțin, nu este deloc rău!

Gândurile-mi sunt întrerupte definitiv de un mesaj de la ea. Vorbeai de lup, Adam!

„Ne vedem la patru, în fața la Cărturești, să bem un ceai?"

„Ne vedem. Hai că mă pregătesc."

„Bine. Te pup!"

---

**CUPLURILE FERICITE AU OCHI DOAR UNUL PENTRU CELĂLALT!**

---

# CAPITOLUL 3

## *Ne-am iubit reciproc, dar nu în același timp*

**O FEMEIE DEȘTEAPTĂ VA ALEGE UN BĂRBAT CU POTENȚIAL, NU UNUL CU BANI.**

Era trei ceasul, aşadar aveam timp să mai fumez o ţigară şi să beau o cafea în linişte. În cele zece minute, m-am uitat în gol, privind la oamenii care îşi urmau rutina zilnică, sperând să se afle cumva pe drumul spre succes.

Am plecat de acasă, iar când am ajuns în faţă la Cărtureşti, mă uit la ceas şi, ca de obicei, constat că am venit cu zece minute mai devreme. De, om respectabil.

În faţa mea se întindea un tablou toamnatic, câţiva oameni ici, câteva scaune colo, câteva clinchete produse de lovirea a două sticle de bere. Dar mai erau şi câteva cupluri la mesele din apropierea librăriei. Primul cuplu – el nu o iubea, ei nu îi păsa, el se uita la cea de la masa alăturată, iar ea se făcea că nu vede atât timp cât îi plătea consumaţia. Cel de-al doilea cuplu – cei doi se iubeau ca în prima zi, când el zâmbea, ea radia de fericire, îți era mai mare dragul să îi privești.

Abia așteptam să o văd, ceea ce spune multe despre ce era în sufletul meu. Abia așteptam să o îmbrățișez și să o sărut. Evident, n-am să-i spun că mi s-a făcut dor de ea. Nu încă.

De pe o stradă lăturalnică, o văd venind spre mine. Purta o pereche de pantofi negri, blugi, o bluziță subțire și albă și un sacou albastru închis. Și nelipsitul zâmbet. Am sărutat-o scurt, pentru că, dacă dădeam frâu liber dorințelor, cred că nu mai beam niciun ceai și plecam spre casă pentru a face lucruri pe care le fac oamenii mari în dormitor, feriți de ochii curioși ai lumii.

După ce ni s-a adus ceaiul, cu același zâmbet senin:

- De ce mă vrei în viața ta? m-a întrebat pe un ton calm și cald.

- Am zis eu asta? o întreb, încercând să închei subiectul încă din față, pentru că nu voiam să-l discut acum.

- Hai, termină cu prostiile! Sunt curioasă! Hai, te rog, îmi faci pe plac?

Frate, cum reușesc femeile să obțină ceea ce vor cu un simplu „te rog” și niște ochi de cățeluș nevinovat.

- Nu știu cu exactitate, Iulia! Te vreau lângă mine pentru că mă simt bine în preajma ta. Nu știu dacă te vreau pentru restul vieții, aș fi mincinos dacă aș spune asemenea vorbe mari. Important, cred eu, este că te vreau în fiecare azi.

- Ai dreptate, importantă este ziua de astăzi. Continuă, te rog, și scuză-mă că te-am întrerupt.

- Simt că mă completezi acolo unde am lipsuri. Simt că mă liniștești în rarele mele momente de haos - lucru ce chiar contează pentru mine. Am nevoie de un asemenea om. Și apoi, te vreau pentru că a început să-mi fie dor de tine chiar dacă nu ne-am mai văzut de vreo câteva ore.

Căcat! I-am spus! Baga-mi-aș ceva în capul tău, băi, Adame!

- Asta este o noutate! îmi spune, mijind ochii la mine de parcă tocmai a văzut o fantomă.

Tac din gură, încerc să nu dezvolt subiectul mai mult decât am făcut-o. Îi observ bucuria de pe chip, pesemne că există șansa ca și ea să simtă același lucru. După momentul de pauză, îi ridic și eu mingea la fileu, întrebând-o de ce mă vrea alături de ea. Da, par a fi niște discuții puerile, dar cred că le-am purtat cu toții, la un moment dat, indiferent de câți ani arăta buletinul că avem.

- Pentru că ești asemenea unei cărți.

Văzându-mi privirea ciudată, a continuat:

- Puțini bărbați știu să fie cărți, cei mai mulți sunt coperți frumoase, dar goale. Or femeile, cele cu adevărat femei, sunt însetate să cunoască, să citească zilnic același lucru în forme diferite, nu doar să privească, să atingă, să simtă.

- Pricep, îi răspund, deși m-a cam băgat în ceață cu bărbații copertă și bărbații cărți. În fine, o las așa.

- Cum a fost la facultate? mă întreabă, schimbând brusc subiectul. Poate că nu am părut foarte receptiv și, ca atare, a decis să ne concetrăm asupra unor discuții banale.

- Plictiseală. Nimic special. La tine?

- La fel.

Apoi au urmat momente bune de tăcere, cărora nu le puteam găsi o explicație foarte clară. De altfel, este primul astfel de moment ce are loc între noi, fără a ne fi deranjat ceva în mod evident.

- Te roade ceva, Iulia? o întreb, încercând să aflu dacă s-a întâmplat ceva de care eu nu mi-am dat seama.

- Nu, m-a luat oboseala, așa dintr-o dată. Chiar nu am nimic.

- Ok, deși n-o credeam.

Ne-am băut ceaiul și am plecat acasă, fără să ne mai spunem multe lucruri. Este stranie senzația în care doi oameni îndrăgostiți se opresc din a-și mai vorbi, fără ca măcar să existe o explicație. Când am ajuns acasă, îi sună telefonul și îi surprind un gest de îngrijorare în timp ce îl scoate din geantă și închide apelul.

- Poți să-mi spui cine te-a sunat?

- O colegă. N-am chef de ea acum.

- Am înțeles, îi răspund, dându-i de înțeles că nu o cred.

Ea se retrage în dormitor, eu rămân în sufragerie butonând televizorul. Mă rodea identitatea celui care a sunat-o și care i-a produs o reacție de îngrijorare. Dacă este o colegă, nu te comporți așa, chiar dacă n-ai niciun chef. Cel puțin, așa gândesc eu.

Oricum, timpul mi-a demonstrat că mă pricep foarte bine la a citi oamenii. De cele mai multe ori, prima impresie pe care am avut-o despre cineva s-a demonstrat, în timp, a fi adevărată. Știu cum arată un om care ascunde adevărul, iar Iulia fix așa arăta în acele momente.

Aud dușul, iar în capul meu, pentru prima dată, se naște o idee cu care am crezut că nu voi fi de acord vreodată. Să mă duc să-i verific telefonul, la asta mă refer. Deşi, nu-i deloc frumos, deşi nici mie nu mi-ar plăcea ca cineva să-şi bage nasul în lucrurile mele, ceva inexplicabil mă îndeamnă să fac lucrul pe care-l detest. Aşadar, mă ridic, mă grăbesc să ajung în dormitor şi încep să-i caut telefonul. În geantă, nu este. Sub hainele proaspăt date jos, nu este. Pe noptiere, nu este. Unde morţii mă-sii o fi?

Ah, uite-l! Îl găsesc sub pernă şi mă rog să nu aibă cod la deblocare. Ha, am noroc, pentru că nu s-a gândit dacă tot ascunde, să şi-l paroleze. Uneori, minciunile se află chiar sub nasul tău, dar nu le cauţi acolo pentru că ar fi prea evident să le şi găseşti în acel loc. Intru doar la apeluri şi văd numele unui anume Marian. Cine eşti tu, măi, Mariane? Să fii cumva fostul ei? În fine, îl bag la loc sub pernă şi revin în sufragerie, ca şi cum nimic nu s-ar fi întâmplat. Mă simţeam vinovat pentru ceea ce tocmai am făcut, dar simţeam că trebuia să aflu, altfel riscam să-mi fut capul încercând să-mi dau seama cine era de partea cealaltă.

Când vine de la duș, deși îmi promisesem că nu voi aduce vorba, nu m-am putut abține:

-Iulia, cine este colega ta, Marian?

- Nu-mi vine să cred, nesimțitule, că te-ai uitat în telefonul meu.

- Cred că asta este, în acest moment, cea mai mică problemă dintre toate. Cred că mai important este că nu era o colegă, iar tu m-ai mințit destul de senin. Apropo, nu te pricepi să minți!

- Nu-mi vine să cred! repetă ea, aproape urlând.

Așa arată disperarea unui om care tocmai a fost prins în fapt.

- Deci, cine este Marian? insist eu. Este cumva fostul tău?

- Nu contează! Am să plec de la tine! Nu-mi vine să cred că ai putut face așa ceva! Cum rămâne cu încrederea unul în celălalt, Adam?

- Nu știu. Cum rămâne cu sinceritatea? o întreb calm, deși pe interior fierbeam.

- Gata! Mă duc să-mi strâng lucrurile și plec la mine. Nu pot să accept așa ceva.

Mă enerva la culme că încerca să arunce vina în spatele meu, de parcă faptul că m-a mințit ar fi fost cea mai mică dintre probleme. Nu-mi plac deloc oamenii care în loc să-și asume greșelile, dau vina pe ceilalți. Cât de mic să fii pentru a face așa ceva?

Între timp, ea și-a strâns mare parte dintre haine și ce mai avea pe la mine și le-a îngrămădit în troler.

- Iulia, măcar lămurește-mă și pe mine de ce m-ai mințit?

- Nu am ce lămuriri să-ți dau! Pa! mi-a spus în timp ce a tras ușa după ea.

Am rămas singur. Eram plin de nervi, așadar, deloc recomandat, victima nervilor mei a căzut peretele ce despărțea holul de la intrare de sufragerie. N-a fost deloc inteligent să-l lovesc, pentru că în următoarele două minute, pumnul meu devenise asemenea unei mingi de handbal.

Aș fi vrut să-l sun pe Andrei, să ieșim să bem o bere și să-i povestesc, dar știam că va arunca fraza cu „ți-am spus eu" și era ultima din lume pe care voiam să o aud acum. Clar, în casă nu mai puteam sta, pentru că mă învârteam ca un leu într-o cușcă, făcându-mi mii de scenarii despre cine ar putea fi acel Marian. Este foarte clar că nu este un bărbat oarecare, vreun coleg de facultate, vreun amic din copilărie, ci înseamnă sau a însemnat mult mai mult pentru Iulia.

Îmi trag pe mine niște haine la întâmplare, îmi iau căștile, pornesc Youtube-ul și ies la o plimbare. Vreau să mă liniștesc, pentru că vreau să iau o decizie la rece. Cele la cald sunt cele mai proaste din câte există, iar asta am învățat-o luându-le la un moment dat.

Nu știu ce caracter are Iulia, asta este foarte clar. S-ar putea să mă fi înșelat până acum în privința ei, s-ar putea să fi fost orbit de ceea ce simțeam și să nu mai fi putut judeca lucid anumite situații. Poate că ar fi fost cazul să-mi trag un semnal de alarmă atunci când a omis să-mi spună că avea iubit.

Având în cap ceea ce tocmai mi se întâmplase cu Iulia, mi-a venit, de nicăieri, o imagine cu mine şi fiica mea. Fără discuție, i-aş spune, încă de când devine adolescentă, anumite lucruri pentru a deveni o femeie frumoasă.

Îmi este foarte limpede că i-aş spune să nu îşi vândă trupul sau sufletul pentru o cină în oraş sau pentru orice alt lucru material pe care i l-ar putea oferi un bărbat. Aş încuraja-o să devină independentă financiar, să refuze bărbaţii care se definesc doar prin ceea ce au şi nu prin ceea ce sunt. I-aş explica răbdător că orice vis frumos, dacă nu este unul sincer, se va termina curând.

Aş învăța-o să creadă în dragostea sinceră, pentru că ea chiar există. Desigur, lucrurile bune vin puţin mai greu, dar atunci când îşi fac simţită prezența, ai toată lumea la picioare. I-aş spune să aibă răbdare şi speranţă, să nu se arunce în braţele primului venit decât dacă este cel potrivit pentru ea, altfel s-ar putea să regrete. După despărţire, să îşi închidă porţile sufletului doar cât are nevoie pentru a se reface, dar mai apoi să îl scoată în lume din nou, pentru că nu toți bărbații sunt la fel.

Aş atenţiona-o că unii bărbaţi o vor minţi. Frumos, mult, insuficient, fiecare cât va putea. O vor minţi pentru că o vor, pentru că vor să petreacă doar o noapte în patul ei, pentru că au greşit şi încearcă să găsească o scuză, pentru că aşa sunt ei, pentru că nu au încredere în ei şi multe alte motive. Să nu creadă totul, să se bazeze pe intuiţia ei feminină, iar dacă totuşi cade în capcană, să nu se învinovăţească prea tare. Omul cât trăieşte, învaţă!

Aş ruga-o să fie un om bun, o femeie care aduce un plus în viaţa celorlalţi. I-aş explica ce înseamnă calitatea de a fi om şi cât de importantă este. Aş învăţa-o să dea câte puţin din ceea ce are. I-aş mai zice că un suflet pe care l-a făcut fericit, îi va oferi mult mai mult decât poate să-i ofere egoismul şi lăcomia. Aş învăţa-o să ajute oamenii aflaţi la nevoie, însă înainte i-aş explica diferenţa dintre escroci şi cei aflaţi cu adevărat la marginea prăpastiei. I-aş mai explica diferenţa dintre a fi un om bun şi a fi un om luat de prost de către alţii.

I-aş spune să se uite la maică-sa şi să ia exemplul ei - să nu îşi lase demnitatea călcată în picioare. Este foarte important ca un om să se respecte mai întâi pe sine, iar mai apoi pe ceilalţi. I-aş sublinia că demnitatea, odată pierdută, este foarte greu de recâştigat. I-aş mai spune că omul are câteva chestii de care trebuie să aibă grijă: suflet, minte, sinceritate, libertate şi demnitate.

Aş implora-o să nu fie vulgară – nici în vorbe, nici în fapte, nici în gând, pentru că o femeie vulgară devine mai puțin femeie. Poate că este paradoxal. I-aș cere să mizeze mai puțin pe decolteu, și mai mult pe capacitatea ei intelectuală, să mizeze mai puțin pe o fustă scurtă, și mai mult pe ambiția şi puterea ei. O femeie vulgară rămâne în memorie preţ de câteva clipe, dar o femeie formidabilă este un model chiar şi după ce i-a trecut vremea.

I-aş scrie pe-o foaie, cu litere mari, să nu îşi bată joc de băieți, de bărbați. Pentru că nu-i face cinste să calce în picioare nişte suflete sincere.

Ultimul, dar nu cel din urmă gând, i-aş explica că trebuie să-şi antreneze mereu mintea. O minte antrenată îi va permite să reuşească chiar şi atunci când şansele sunt împotriva ei. De o asemenea minte se vor îndrăgosti cei mai buni şi sinceri oameni. Cu o astfel de minte va putea ajunge unde îşi doreşte.

Fără să-mi dau seama, furat de cum mi-aş educa fiica, am ajuns la Universitate şi am început să simt cum frigul îmi pătrunde în oase. Era cazul să fac drum întors şi să beau un ceai, pentru că răceala era ultimul lucru pe care mi-l doream în momentul acesta.

Ajuns acasă, simţindu-mă puţin eliberat de toată situaţia de astăzi, după ce mi-am făcut ceaiul, m-am apucat să scriu:

---

*Am fost şi în postura de a ura unei femei „Bună dimineaţa!", alteori i-am urat doar „Noapte bună!". Şi, de câteva ori, i-am urat şi „Bună dimineaţa!" şi „Noapte bună!", cum a fost cazul Iuliei.*

*Ce aş alege dintre cât mai multe şi una singură, dar bună? Să mă găsească şi dimineaţa şi seara lângă aceeaşi femeie. Să o sărut de noapte bună, iar dimineaţa să o mai sărut o dată. În timp, am realizat că nu pot fi fericit făcând acelaşi compliment mai multor femei, spunând aceleaşi replici, ajungând mereu în acelaşi punct. Ce-i drept, toate acestea au făcut parte din procesul de maturizare – fără ele nu aş fi ştiut câte ştiu azi.*

*Recunosc, de-a lungul timpului am înşelat, crezând că îmi va creşte încă un penis. Nici până în ziua de azi nu s-a întâmplat aşa ceva. Însă, vârsta îşi cerea drepturile, hormonii şi bărbăţia prost înţeleasă urlau în mintea mea.*

*Voiam cât mai multe femei, valuri de trupuri cu care să mă satisfac. Uneori, încurcam mesajele şi tipele, Anei îi trimiteam ce trebuia să îi trimit Andreei şi tot aşa – uneori îmi credeau scuza, alteori mă trimiteau la dracu'. Oricum, nu-mi păsa deloc, erau alte tărâmuri ce trebuiau cucerite. Şi aşa au trecut zilele mele. În căutare de noi cuceriri, ceea ce nu era greşit în definitiv.*

*Doar că mă minţeam crezând că asta este fericirea autentică. Nu iubeam, ci doar doream femeia într-un mod aproape animalic. Însă aveam un gram de respect pentru ele – nu povesteam ce se întâmplă între noi, şi altora. Nu înţelegeam de ce aş rămâne cu o singură tipă o perioada mai lungă de timp – m-aş plictisi, îmi spuneam.*

*Ei, uite că, de câteva ori, am ajuns să am sentimente puternice faţă de anumite femei.*

*Aşa am descoperit că o persoană pe care o iubeşti din toată fiinţa ta şi care te iubeşte în aceeaşi măsură te ajută să te descoperi aşa cum nu ai fi crezut vreodată.*

*Îţi oferă o linişte deloc apăsătoare, un calm interior. Îţi oferă atâta fericire încât poţi să umpli toate golurile ce te măcinau înainte.*

*Tot timpul m-a învăţat să fiu dedicat unei singure femei, să o pun deasupra instinctelor mele, să am grijă de ea, să aleg calea sincerităţii şi să-mi asum responsabilitatea lucrurilor pe care le spun ori fac. Şi să o iubesc!*

***Cu cât fugi după mai mulți iepuri, cu atât ești mai nepriceput ca vânător – și mai și riști să te împuști singur.***

---

Când am lăsat pixul jos, m-am simțit mai calm. Scrisul ajută să te descarci, indiferent ce și cum ai scrie. Este ca și cum ai purta o conversație cu un psiholog. Cel puțin, așa simt eu. Nu exclud că aș putea fi puțin nebun, însă și nebunia are frumusețea ei.

M-am întins în pat, am închis ochii și am încercat să-mi fac liniște în cap, pentru a putea adormi. Degeaba am milioane de întrebări dacă nu am și răspunsuri la ele.

A doua zi, la facultate, pentru prima dată de când am început facultatea, mi-am dat seama că sunt înconjurat, în mare parte, de fete. Și că aș putea să găsesc printre ele, una dornică de ceva aventură, însă fără a se implica emoțional. Cu alte cuvinte, se pare că am revenit la gândurile mele de adolescent și sunt extrem de conștient de asta, doar că, uneori, mai ales după o dezamăgire, simt nevoia de o relație ușoară, fără angajamente, fără sentimente, fără bătăi de cap. Știu, am zis fără sentimente, dar sunt conștient că nu poți tu decide când și ce simți pentru cineva. Însă, ca toți ceilalți, plec de la premisa că nu vreau să mă implic într-o altă relație. Mi-e puțin teamă și da, și bărbaților le este teamă după o dezamăgire, în care sufletul le-a fost luat la mișto. Da, și bărbații mai plâng câteodată, chiar dacă pare greu de crezut. Nu suntem de fier, oricât ne place nouă să ne afișăm așa.

În fine, dintre toate colegele mele, singura cu care mi s-a părut că vorbim din priviri este Larisa, o tipă brunetă, cu ochi căprui, creolă, scundă, undeva în jur de un metru șaizecișicinci, cu forme frumoase și un zâmbet inocent. Am eu un presentiment că dincolo de acel zâmbet de copil nevinovat se ascunde o femeie plină de fantezii, dornică de a și le pune în pratică. Rămâne de văzut dacă are de gând să și le împlinească alături de mine.

În pauza dintre cursuri, când marea majoritate este la țigară, din acea mare majoritate făcând parte și ea, îi bag în geantă un bilețel cu numărul meu de telefon, în speranța că nu mă voi face de căcat cu o astfel de fază. Da, am toate șansele să par un fătălău, dar așa cum am făcut mai mereu, îmi asum acest risc. Dacă nu riști, nu câștigi, nu?

Cursurile au trecut mai repede decât mă așteptam. În drumul spre casă, mă opresc la magazin să-mi cumpăr de mâncare și o sticlă de whisky, să-mi țină de urât. Sau să îmi țină de inspirație dacă mă mai apucă scrisul.

Recunosc, mai tot timpul m-am gândit dacă să-i scriu Iuliei. Și, de câteva ori, am fost în pragul de a-i trimite mesaj. Însă cred că ceea ce m-a făcut să simt a fost mult mai puternic decât dorința mea de a ști ce face.

Nici bine n-am ajuns acasă, că-mi sună telefonul. Mă gândeam că este Larisa, dar, ghinion, era Andrei.

- Da, Andrei!

- Ce faci, mă?

- Acum am ajuns acasă de la facultate și mă pregătesc să-mi fac de mâncare. Tu?

- Stau. Îți faci tu? Nu-ți mai face iubițica ta drăguță? Sau ai supărat-o și te pedepsește?

- Din când în când, îmi place să mai gătesc și eu.

- Aha, vezi să nu dai foc la bloc că nu cred că are taică-tău bani să plătească pagubele.

- Amuzant ca de obicei. Te înscriu la un talent show, în ritmul acesta.

- Auzi, lasă asta, ce spui, mergem diseară la o petrecere?

- Mergem, cum să nu mergem. Unde este petrecerea asta?

- La o tipă de la mine din grupă. La ea acasă, mai exact. Dar tu nu trebuie să ceri învoire de la iubita ta? Mă uimești!

- Termină cu prostiile! I-auzi, petrecere ca la americani!

- Noroc cu mine că mai pupi și tu ceva de genul ăsta. La opt să fii gata, că vin cu taxiul să te iau, Cenușăreaso!

- Ok, mă suni când pleci de la tine.

- Așa facem! Hai, pa, la revedere!

- Pa!

După ce i-am închis, mi-am dat seama că ar fi trebuit să-i mulțumesc. Mă rog, el n-ar ști de ce, dar ar fi trebuit să o fac. Atunci când un om te scoate din vizuină, mai ales dacă ești într-o situație delicată, trebuie să îi mulțumești, pentru că te salvează de mii de gânduri inutile.

Da, aveam de gând să profit de seara asta, nu să mă gândesc la ce-o face Iulia, de ce nu m-o căuta sau cine mama mă-sii este Marian. Vreau să agăț și eu astăzi și dacă stau să-mi plâng de milă, s-a dus dracului totul.

N-aveam chef să mănânc, ca atare pun tot ce luasem în frigider, pentru când mi-o reveni pofta de mâncare. Ăsta, zic eu, este primul semn că te afli într-o situație care nu-ți face bine sufletului -

ești nemâncat de câteva ore bune, dar, cu toate astea, n-ai niciun chef să mănânci. Apoi, al doilea semn este dorința de a te ghemui într-un colț. Iar a treia este de a fi lăsat în pace, de a nu interacționa în vreun fel cu exteriorul.

Despărțirile, în orice condiții s-ar întâmpla, inevitabil dor. Despărțirile dor pentru că încă mai ai în tine părți din celălalt, amintiri cu el și poate prea multe întrebări fără a avea și un răspuns la ele.

Îmi aduc aminte de relațiile mele anterioare și de, să zic așa, învățăturile deprinse din ele. Relațiile mele de până acum, în mare parte, au însemnat cunoaștere, descoperire, joacă. Au însemnat să descopăr și să mă descopăr. De asemenea, au însemnat hormoni mulți și liberi, sex prost, sex bun, deznădejde, nepăsare, amuzament, dorință, înșelat, durere. Totodată, aceste relații au însemnat și maturizare, pentru că nu-mi place să trec asemenea gâștei prin apă și să rămân cu nimic în cap.

Am crescut. Frumos, urât? Nu știu, încă nu pot trage o concluzie și cred că cei care pot trage o asemenea concluzie sunt cei din jurul meu. Pentru că, după cum bine știm, oamenii tind să fie subiectivi cu ei înșiși.

Totuși, după aceste relații, am înțeles cum merg lucrurile. Am înțeles că nu pot să îmi bat joc după cum mă taie capul. De fapt, am înțeles că nu trebuie să îmi bat joc, pentru că, da, există karma. Am înțeles că nu poți pretinde fără să oferi măcar pe atât. De fapt, mai bine să oferi cât poți și... să primești ce ți se dă – dacă a fost insuficient, eu am plecat la mai bine. Poate că nu a fost frumos, dar, cu siguranță, a fost sănătos.

De-a lungul timpului, am înțeles că o relație ce te ține pe loc nu este deloc sănătoasă – trebuie să îi dai drumul celuilalt oricât de greu ți-ar fi. E mai greu să stai cu omul nepotrivit decât să o iei de la capăt de unul singur. Am învățat că acolo unde nu este sinceritate, nu este nimic bun – doar iluzii ce, la un moment dat, se vor răsfrânge asupra sufletului. Așadar, am ales calea corectă de a face lucrurile.

Am mai învățat că, uneori, ochii ce nu se văd, se uită, pentru că în clasa a 11-a am încercat o relație la distanță și n-a mers. Desigur, alteori, îți provoacă un dor greu de alinat – depinde de persoana în cauză și de sentimentele investite, cred eu. Poate că distanța nu o fi vreun impediment în calea iubirii, dar nu este pentru mine. Eu vreau tangibilul, vreau acum și aici, nu cândva. Așa simt că sunt eu construit. Nu e nimic greșit să vrei cândva pentru că ar putea însemna mai mult decât clipa prezentului, dar fiecare om știe ce este mai bine pentru el.

Mi-am dat seama că pentru a găsi liniștea lângă o persoană, trebuie să fii cea mai bună variantă a ta – iar, după ce ai găsit-o, să nu o ucizi cu lucruri mărunte, cu orgolii sau, pur și simplu, din reavoință ori inconștiență. Cred că aici pot include relația mea cu Andrada, de acum ceva vreme.

Totodată, am realizat că femeile nu diferă mult de bărbați – unele-s ieftine, altele ți-e mai mare dragul să le ai în brațe. Depinde și de noroc. Când am fost călcat pe coadă, am reacționat. În timp, mi-am dat seama că cel mai bine era să mulțumesc pentru clipele frumoase și să plec – fără să murdăresc ce, până atunci, construisem cu sfințenie.

Am realizat că doar sexul nu salvează și nici nu îmbunătățește o relație pe cât de mult cred alții. Sexul este, de fapt, o prelungire a ceea ce numim cu toții iubire.

Și poate cea mai importantă chestie pe care am deprins-o este să mă bazez pe instinct atunci când îmi aleg oamenii alături de care să trăiesc fiecare zi. Când simt să renunț la unii, renunț. Când simt să lupt pentru a-i ține lângă, mă conformez – e greu în ziua de azi să găsești oameni sinceri, care să te placă așa cum ești.

În fine, să le ia dracu' de gânduri! O viață întreagă ne dau târcoale și nu ne lasă în pace, nici atunci când tot ce ne dorim este liniștea. Mă uit la ceas și realizez că mai am trei ore și puțin până când îi voi vedea mutra lui Andrei. I-am sunat pe ai mei, să văd ce mă fac, dacă totul este bine acasă.

- Alo!

- Ce faci, mamă?

- Bine, puiul meu, abia am ajuns și eu de la serviciu. Tu ce mai faci? Ești bine?

- Da, sunt ok, îi răspund încercând să ascund frământările.

- Nu-mi pari, te simt puțin supărat, dar dacă nu vrei să-mi spui, n-am să insist. Probabil, este vorba despre o fată. Totuși, dacă ai nevoie de ceva, suntem aici oricând.

- Știu, vă mulțumesc! Tata ce face? Este bine?

- Da, acum, este la muncă, ajunge mai pe seară.

- Ok, hai că te las. Ne mai auzim!

- Bine. Ai grijă! Te iubim!

- Și eu vă iubesc! Pa pa!

- Pa!

Atât de rar ne sunăm părinții după ce ne luăm zborul de acasă, de parcă am fi pregătiți să luăm viața în piept fără a mai auzi, din când în când, o vorbă bună, o vorbă caldă, o vorbă sinceră de la cei care ne iubesc necondiționat. Îi sunăm atât de rar și îi lăsăm să fiarbă de dor, de grijă, iar ei, dragii de ei, nu își mai permit să ne sune, de teamă să nu ne deranjeze.

Mi-am adus aminte de-o discuție pe care am avut-o cu mama în vara ce a trecut. Era despre viață și despre femei.

Știu că mi-a zis scurt și la obiect să îmi pun un zâmbet sincer pe chip, apoi pe suflet, să îndrept spatele, apoi să îmi scutur sufletul de praf și să pășesc în lumea ce mă înconjoară.

Iar despre femeie, mi-a spus că nu ar trebui să o supun nevoilor mele, sperând că doar-doar alung frica de singurătate, doar-doar nu trece încă o noapte fără sex, doar-doar am un loc în care pot să fiu atunci când prietenii merg la bere și mă uită acasă. Sau când n-am chef de ei.

M-a rugat să nu consider că femeia trebuie să-mi înghită toate mojiciile, să evit să îi reproșez că nu mă iubește suficient atunci când nu vrea să îmi ierte prostia și să nu îi folosesc sufletul până la refuz, iar după ce se strică, să-i spun că, de fapt, nu a fost suficient de bună.

Îmi aduc aminte când, cu ochii plini de căldură, mi-a spus că femeia nu ar trebui să fie un obiect de care să mă folosesc doar pentru a fi eu fericit, pentru că voi deschide răni. Mi-a explicat că atât rolul bărbatului, cât și al femeii, este să îngrijească rănile celui iubit, nu să deschidă altele noi.

Și, un ultim lucru pe care mi-l amintesc este când mi-a spus să am grijă de fiecare femeie din viața mea, fix așa cum a avut și ea grijă de mine: cu dragoste și cu răbdare!

Sunt sigur că am omis câteva lucruri, însă în momentul de față memoria nu mă ajută - timpul trece, lucrurile se uită.

Mă pregătesc de marea petrecere din seara aceasta. Îmi doresc să fie una dintre acele seri de amintit peste câțiva ani. Îmi doresc să am multe altfel de seri în anii aceștia de studenție, până nu încep responsabilitățile de adult să mă acapareze. Mă uit prin dulap și, spre deosebire de femei, am găsit în primele două minute hainele potrivite. Nu am zis-o cu răutate.

Când mă întorc de la duş, observ că am primit un mesaj. O fi de la Andrei, mă gândesc. Însă, când deblochez ecranul, mare îmi este mirarea! Am primit un mesaj de la colega mea de grupă, Larisa.

„Bună, Adam! Acum am găsit bilețelul de la tine. Interesantă abordare."

Mă gândesc dacă acea parte cu „interesantă abordare" este spusă într-un mod ironic sau chiar i s-a părut interesantă. Mie, personal, nu mi se pare deloc interesantă, ci puerilă şi neinspirată. Dar, în fond şi la urma urmei, nu contează cum mi se pare mie, că doar nu mă agăț pe mine însumi.

„Bună, Larisa! N-am găsit momentul potrivit să-ți cer numărul şi, ca atare, m-am decis să mă bag cu forța în viața ta. Ce faci?"

„Ha ha! Foarte bine ai făcut! Nu degeaba am zis că este interesantă abordarea. M-ai surprins plăcut.

Ce să fac? Stau în pat și mă uit la un film. Tu ce faci?"

I-auzi, hai că a prins mișcarea. Se pare că ceea ce nouă ni se pare ridicol, altora li se pare interesant.

„Îmi era teamă că par necioplit, dar acum m-am liniștit. Mă pregătesc să merg la o petrecere."

„Super tare! Distracție plăcută atunci! Ne mai auzim și ne vedem mâine!"

„Nu știu dacă voi mai fi în stare să ajung la cursuri! Mulțumesc frumos! Te pup!"

„Hahahah! Ai grijă de tine și, mâine, poate ieșim la o cafea. Mai pe seară."

„Desigur, vorbim!"

Tot acest schimb de mesaje s-a derulat în timp ce mă pregăteam. Ca întotdeauna, n-am știut să aproximez cu exactitate, ca atare mai am de așteptat 45 de minute până când ar trebui să apară Andrei.

Îmi aprind o țigară, îmi iau caietul în care m-am apucat să scriu ce-mi trece prin cap și încerc să mă pierd printre rânduri pentru următoarele 30 de minute.

---

***Cum gândesc bărbații***

*Nu cerși atenție! O femeie care cerșește atenția unui bărbat nu este nimic mai mult decât o urmă a demnității. Nu întinde mâna doar de dragul de a primi un gram de vizibilitate în ochii vreunuia. Nu te pune în fund pe bordura disperării! O femeie care se cunoaște, care își cunoaște puterea, dar și limitele, nu are nevoie ca un bărbat să-i arunce în pălăria de pe caldarâm puțină atenție. Iar noi, ca bărbați, vă considerăm niște măscărici – iar dacă arătați bine, poate că vrem să împărțim (doar) patul cu voi de câteva ori, fiind aproape convinși că, în căutarea atenției, veți pica în plasă.*

*Nu te dezbrăca cu orice ocazie! O femeie misterioasă atrage mult mai mult decât cea despre care toată lumea știe ce ascunde sub tricoul alb și fusta neagră. Un bărbat va gândi despre o femeie pe care o găsește mai mult dezbrăcată pe Facebook (sau pe orice altceva) că e ușuratică.*

*Uneori se mai înşală. Dar ce transmite o asemenea femeie dacă nu disponibilitate? O femeie care ştie că nu este necesar să se dezbrace pentru a atrage un bărbat, este o femeie care va ţine de mână o întreagă lume. Dezbracă-te doar în casa unui bărbat, nu în faţa blocului!*

*Nu vorbi ca bărbaţii! Nu înjura, nu băga, nu scoate, nu trimite în diferite locuri, nu folosi organe ca semne de punctuaţie. Nu fi vulgară! Nu vorbi ca pe maidan, ci fii o doamnă. Doar tu ai de câştigat. Şi adu-ţi aminte că penisul este penis doar pentru bărbaţi – ţie îţi lipseşte cu desăvârşire! Fii feminină!*

*Inteligenţa contează! (la ambele sexe) O femeie va reuşi să ascundă de ochii bărbatului, unele defecte cu ajutorul inteligenţei. Totodată, va stârni interes, dorinţă, va pune în mişcare tot sângele unui bărbat – ulterior tradus în plăcere.*

*Nu uita de atitudine! Când te gândeşti la atitudine, imaginează-ţi o femeie care merge pe tocuri înalte cu spatele drept – asta e cea potrivită. Cealaltă variantă este asemenea unei femei cocoșate care se împiedică atunci când tocurile ating piatra cubică din centrul vechi al Bucureștiului.*

---

La fix - cum pun pixul jos, cum îmi sună telefonul și numele amicului meu își face apariția pe ecran.

- Da, șefule? îi răspund.

- Ești gata, prințeso? Că eu te aștept jos, în taxi.

- Hai că acum cobor! Pa!

Ajuns în taxi, mă lovește un val de parfum.

- Ai folosit toată sticluța de parfum, băi, Andrei?

- Ce glumă bună! Nu, mă, este de calitate. Am dat 400 de lei pe el.

- I-auzi. Chiar voiam să aflu prețul. Îți apreciez modestia! Asta, se pare, este o chestie nouă la tine.

- Hai, taci naibii! În seara asta, se lasă cu sex, prietene!

- Super! Bă, să știi că de fiecare dată când m-am dus undeva cu gândul să agăț, nu mi-a ieșit. Așadar, eu unul am încheiat cu socotelile făcute de acasă.

- Sigur ai făcut tu ceva de nu ți-au ieșit mișcările.

În drumul spre casa tipei ăleia, m-am tot gândit cum noi, bărbații, când mergem pe undeva și suntem lipsiți de angajamente, plecăm mereu de acasă cu gânduri mari. De parcă ăsta ar fi scopul vieții noastre. Nu știu, să-ți programezi sexul mi se pare puțin cam trist. Și, mai trist, este când nu-ți iese nici măcar ăla programat și te întorci acasă mai bou decât ai plecat. Mă întreb ce or gândi femeile când merg prin pub-uri, petreceri și alte chestii de genul. Oare și ele s-or duce cu gând de agățat, de făcut sex sau doar cu gândul de a se distra cât mai bine?

- Ce face Iulia? mă întreaba bunul meu prieten, întrerupându-mi șirul gândurilor.

- Ăăă, face bine, îi răspund puțin încurcat.

- Mă, voi v-ați despărțit? continuă Andrei șirul întrebărilor, de data asta cu o privire suspicioasă.

- A, nu, ce ai? De ce ne-am despărți?

- Poate ai înșelat-o sau te-a înșelat. Poate nu-ți mai trebuie ce are între picioare sau poate că nu-i mai ajunge cât ai tu.

---

**NU POȚI MĂSURA IUBIREA, DAR POȚI PUNE ÎN BALANȚĂ FAPTELE!**

---

Îl privesc și-i văd zâmbetul tâmp. L-a marcat faza cu Alexandra, de lucrul acesta sunt sigur. Prefer doar să-i zâmbesc, fără a-i mai spune ceva. Și mă bucur că n-a mai insistat nici el să mai pună tot felul de întrebări, pentru că risca să-mi strice tot cheful, și așa decimat de întâmplarea cu Iulia de ieri.

În cele din urmă, ajungem acasă la colega lui Andrei, undeva în nordul Bucureștiului, într-un cartier de vile. Bag de seamă că tipa este cu banul pe ea.

Ne întâmpină la poartă:

- Bună, Diana! i se adresează Andrei.

- Bună, bună!

Îmi întinde mâna și facem cunoștință. Ea era o tipă drăguță, undeva pe la un metru și vreo șaptezeci de centimetri, brunetă și cu niște ochi de un albastru năucitor. N-avea cine știe ce sâni, iar despre fund, deși am văzut-o din spate, nu prea mă pot pronunță pentru că purta o rochie. Da, asta facem cu toții prima dată când întâlnim pe cineva - analizăm din cap până-n picioare.

Ajunși în casă, îmi dau seama că apartamentul meu de două camere ar intra de vreo patru ori în casa ei. Asta doar la parterul vilei, pentru că avea și etaj. La parter, din câte observ există un living imens, o bucătărie și, cel mai probabil, o baie. Nu pot spune ceva de rău, pentru că vila este mobilată cu bun gust. Se vede că unde sunt bani, există și un arhitect bun.

Acolo se aflau deja vreo douăzeci de persoane, cam nouă băieți și unsprezece fete, la o numărătoare rapidă, iar din câte îmi dau seama cea mai mare parte de la facultatea amicului meu. Andrei mă prezintă grupului de petrecăreți și după vreo două minute în care am tot auzit nume, iar eu mi l-am rostit pe al meu, mi-am dat seama că am reținut unul singur. Pe-al Dianei.

Este puțin ciudat când te afli printre niște oameni total necunoscuți și cu care ai în comun … doar un amic. Oricât de extrovertit ai fi, tot ți-e nasol în astfel de momente. În fine, îmi spun că nimic nu îmi va strica cheful de petrecere, iar pe parcurs ce paharele de alcool vor curge pe gât, se vor lega prietenii, chiar dacă circumstanțiale.

Diana ni se alătură și ne întreabă dacă vrem ceva de băut.

- Spune-ne nouă de unde luăm, că ne descurcăm apoi, îi răspunde Andrei.

- Uite, de acolo, și Diana îi arată înspre direcția unui bar dintr-un colț al livingului.

- Ok, mulțumim! De aici, ne descurcăm noi.

Când a plecat, i-am surprins privirea Dianei. Părea a-mi transmite ceva. Sau poate doar mi se părea. Oricum, mă voi lămuri eu pe parcurs. Muzica a început să capete glas, acoperind vocile celor prezenți. Am început să dansăm, care cu cine apucam. O tipă s-a frecat efectiv de mine pe parcursul unei întregi melodii. Oricât de bine ar arăta o femeie, mi se pare dizgrațios să facă astfel de gesturi când abia dacă ne-am cunoscut.

După vreun sfert de oră de dans, am luat o pauză. Mi-am turnat whisky în pahar și am ieșit afară, pe terasă. Simțeam nevoia de aer curat și, cu toate că era frig, îmi era bine. N-apuc să-mi aprind țigara, când aud o voce din spatele meu:

- Deja ai obosit? mă întreabă vocea.

- Hei! Aveam nevoie de puțin aer, îi răspund Dianei, pentru că ea era. Posibil să nu mă fi înșelat în privința privirii ei. Dar se pare că și tu ai luat o pauză.

- Da, doar trebuie să am grijă de oaspeții mei, nu? Mai ales de cei pe care nu-i cunosc foarte bine.

- Stai liniștită, nu fur nimic!

- Mi-era teamă că vei fugi cu lampa de grădină, trebuie să recunosc asta.

- Este în siguranță, îi răspund continuând micul nostru joc. Da, astfel de jocuri, de obicei, apropie doi oameni necunoscuți.

- La ce facultate ești, Adam?

- Sunt la Litere, îi răspund oarecum mândru că mi-a reținut numele. Știm cu toții că atunci când facem cunoștință cu oameni noi, le cam uităm în secunda doi numele. Cu excepția cazurilor când ne atrage ceva la ei.

- Frumos! Vrei să devii scriitor?

- Multă lume mă întreaba asta, de parcă numai scriitori ar ieși de la facultatea asta. Totuși, așa îmi doresc.

- Și te-ai apucat de scris sau o lași pe mai încolo? continuă Diana cu descusutul.

- Am scris câte ceva. Într-un caiet, sub forma unui aşa-zis jurnal.

- Interesant! Poate o să mi-l arăţi şi mie într-o zi.

- Încă nu sunt ok cu ideea asta, dar, da, cine ştie, poate că într-o zi îţi voi arăta.

- M-aş bucura!

- Ştii, eşti frumoasă!

- Ai văzut tu asta aşa, pe întunericul ăsta? îmi răspunse zâmbind.

- Uneori, este de ajuns lumina unei lămpi pentru a vedea frumuseţea omului.

- Da, să te faci scriitor, pentru că, se pare, ai vorbele la tine.

M-a bufnit râsul. Îmi place tipa. Este amuzantă şi îmi place modul ei de a aborda lucrurile. Cel puţin, până acum, în cele câteva replici schimbate între noi.

- Hai înăuntru, îi spun, căci deja frigul ne intra în oase.

- Ți-e frig?

- Puțin.

Când dau să intru înapoi în casă, mă cuprinde în brațe, un gest de altfel neașteptat. Nu l-am putut vedea venind. Adică... prea repede. Chiar dacă, recunosc, mi-l doream. Pentru că mi-a simțit surprinderea amestecată cu reticență, simte nevoia să se explice:

- Uneori, sunt de ajuns câteva vorbe pentru a îmbrățișa un om.

- Asta este ca cea cu lampa. Mă plagiezi, din câte văd, îi răspund amuzat de replica ei.

- Cam da. Ce pot să fac dacă mi-a plăcut?

- Nimic. Hai, totuși, în casă!

Am intrat și de la primul pas, ne-am trezit cu Andrei în fața noastră. Era deja amețit binișor, așadar mai rău de atât nici că se putea.

- Ce faceți, porumbeilor?

- Termină, Andrei! Fii dracului matur pentru o dată în viață! îi răspund eu, enervat de purtarea lui.

- Ce să facem, uite, ne gândeam unde să ne-o punem, vine replica Dianei ca un topor ce retează gâturi de oameni vinovați.

Eu am făcut ochii mari cât cepele, Andrei mai să se înece, iar Diana zâmbea cu un subînțeles pe care eu nu îl înțelegeam.

- Păi și ce mai așteptați? Nu ai camere sus? se arată interesat Andrei.

- Ba da, însă aștept să mă invite el, răspunde în timp ce-mi aruncă aceeași privire cu subînțeles.

Eu nu înțelegeam dacă este la mișto sau dacă vorbește pe bune. Dacă stai să gândești situația la rece, pare cam deplasată. Dacă stai să gândești situația din punctul de vedere a unuia căruia îi joacă hormonii în corp, pare ideală. Adevărul este că eu sunt undeva la mijloc - i-aș pune-o, dar parcă e prea directă, fapt ce, pentru prima dată, mă intimidează.

- Ți-ai înghițit cuvintele, Adam?

- Cam da, îi răspund Dianei. N-aveam de gând să fac pe viteazul, pentru că, mai devreme sau mai târziu, comportamentul ăsta disimulat iese la iveală.

- Aştept propunerea ta să mergem sus. Ia-ţi cât timp crezi că ai nevoie.

Cred că în acele momente, păream ca ultimul fătălău. O tipă care arată bine mă cheamă în dormitor, iar eu stau ca mutul acolo, fără să pot scoate o vorbă.

- Pot să vin eu dacă mucea ăsta nu se bagă, vine replica plină de tâlc (sunt ironic) a lui Andrei.

- Tu poţi doar visa, dragul meu coleg. Eu nu mi-o trag cu colegii de facultate. Am eu un principiu.

- Ce dra…

N-am mai apucat să spun ceva, căci Diana m-a luat de mână şi uite aşa am ajuns la etaj, în dormitor, unde ne-am aşezat pe pat. Eu eram încă năuc, neconştientizând foarte bine ce mi se întâmplă.

- Nu-ţi plac fetele directe? mă întreabă zâmbind.

- Ba da, însă tu cred că ai fost prea directă.

- Ei bine, am fost învățată ca atunci când vreau ceva, pe cineva, să și obțin.

- Da, cred că așa sunt cam toate femeile. Când vor ceva, fac pe dracul în patru să-l obțină. Iar când vine vorba de un bărbat, dacă arăți bine, devine extrem de simplă treaba.

- Hai, Adam, cred că poți mai mult decât stereotipurile astea. Nu totul ține de fizic.

- Serios? Dacă aveai 200 de kilograme, crezi că mă mai aflam aici? Să fim serioși - toți ne uităm, mai întâi, la fizic, apoi începem să descoperim omul. Ochii trebuie să placă pentru ca inima să vrea. Dacă înțelegi ce vreau să spun.

- Pricep, și-ți dau dreptate, dar noi doi cred că am sărit, încă de când ne-am cunoscut, peste partea asta cu fizicul. Ți-am văzut privirea și ți-am simțit-o și când vă conduceam în casă, chiar dacă eram cu spatele. Ochii îți erau pe fundul meu, însă nu prea puteai să-ți dai seama ce se ascunde sub rochia mea, nu?

- Căcat! M-ai prins!

- Și ai vrea să vezi ce se află sub rochie?

- Să fiu sincer? Da, aş vrea.

Încă eram uluit de ceea ce se întâmpla. Nu am avut de-a face cu o asemenea abordare din partea unei femei niciodată până acum. Oricât de mult mi-aş fi dorit să fac sex cu ea, mintea mea era blocată de situația nemaiîntâlnită.

- Atunci, să-ți arăt ce se ascunde dincolo de rochia astea neagră. Doar deschide-mi și mie fermoarul de la spate, te rog.

Îl deschid fără să mai spun ceva. Se ridică în picioare în fața mea, ținându-și rochia cu mâinile. Deodată, rochia cade de pe ea și atunci văd că nu purta nici sutien, nici chiloți. Face o piruetă în fața mea, oprindu-se pentru câteva secunde cu spatele, pentru ca eu să am timp să admir în întregime ce ascundea rochia ei.

Faptul că era puțin creolă îi dădea un aer aparte, în comparație cu alte femei. Sânii îi erau micuți, dar fermi, în timp ce fundul îi era lipsit de orice urmă de celulită sau vergeturi. N-are sens să fiu ipocrit, şi dacă ar fi avut, n-ar fi fost ceva absurd, pentru că, în fond şi la urma urmei, sunt urme fireşti ale feminităţii.

Îmi depărtează picioarele şi se apropie de mine, în faţa ochilor mei având-u-i abdomenul. Îmi ia mâinile şi le pune pe fundul ei. Pielea îi era catifelată şi caldă. Apoi, îmi ia capul în mâini şi îl îndreaptă în sus, astfel încât privirile să ni se întâlnească. Mă priveşte şi îşi muşcă buza de jos, ceea ce a declanşat o reacţie absolut firească în pantalonii mei.

- Trage-mi-o! îmi spune pe un ton autoritar.

N-am spus nimic. Nu cred că era ceva de spus, ci m-am ridicat în picioare, m-am dezbrăcat în cel mult cinci secunde şi iată-ne pe amândoi în costumul lui Adam şi al Evei. Eram în picioare, faţă în faţă, la o distanţă de un pas, privindu-ne, parcă imaginându-ne ce va urma.

- Se pare că am stârnit ceva, îmi spune uitându-se spre singura dovadă a excitării bărbatului.

Nici acum nu-i răspund, ci continui să o privesc. O trag spre mine, într-o îmbrățișare în care amândoi ne-am simțit căldura trupurilor. Se desprinde și se întinde în pat, cu fața spre mine și picioarele flexate și larg desfăcute. Știu ce înseamnă asta. Rămân totuși la marginea patului, din dorința de a controla partida și a îi zădărnici încercările ei de a mă domina. În tot acest timp, în capul meu se derulau scene în care i-o trăgeam pe jos, pe comodă, în pat, din spate, sub ea, din lateral, 69. Sunt prea multe pentru a le mai ține numărul.

Cedează. Se așează pe marginea patului și, privindu-mă, începe să o sugă. Eu simt că încep să-mi tremure picioarele de plăcere. Știa foarte bine ce face, știa foarte bine cum să-și folosească și mâinile, unde să se oprească preț de câteva clipe și, mai ales, ceea ce este moartea oricărui bărbat, cum să mă privească într-un mod pervers și pasional în același timp.

La un moment dat, se oprește, îmi zâmbește și își reia poziția inițială - pe spate, cu picioarele depărtate. Îi fac pe plac, iar în acest timp îi simt pielea zburlită și o aud cum geme. De fiecare dată când am auzit o femeie gemând, m-am simțit bine, fiind conștient că ceea ce făceam era bine.

Îmi retrag capul dintre picioarele ei și o privesc. Ai văzut chipul unei femei după ce a avut un orgasm? Radiază de fericire, parcă. Îmi spune că vrea să stea deasupra, lucru ce îmi convine de minune. Ceea ce a urmat a fost pur și simplu sex nebun, sex cu palme peste fund, tras de păr, gemete, urlete, zgârieturi pe spate, cearșaf prins în pumn.

După ce am terminat, îmi spune:

- Simțeam o nevoie urgentă de sex bun.

- Iartă-mă că te întreb, dar sunt curios - voi, femeile, cum evaluați sexul? Care este bun și care este prost? Că noi, bărbații, rareori avem expresii de genul.

- Nu știu să-ți explic. Nu cred că pot să fac o listă de lucruri bifate atunci când mi-o pun. Cred că totul se rezumă la cum ne simțim după o partidă de sex.

- Pricep. Credeam că există niște criterii clare de evaluare.

- A, da, există - să nu termini în cinci minute și să avem măcar un orgasm. Doar astea, restul ține de cum ne simțim.

- Îhî, ok.

Chiar eram curios cum evaluează femeile sexul, pentru că am mai auzit unele spunând ba că au avut parte de sex bun, ba de unul prost. Acum cred că am înțeles cum stă treaba.

- Știi că pe noi nu ne va lega nimic, nu? mă întreabă în timp ce se ridică din pat și scoate din sertarul de sub oglindă o scrumieră, un pachet de țigări și o brichetă.

- Acum, după ce mi-ai spus, știu. Nu mă gândeam că va urma și o relație. Și nici nu cred că aș vrea să mă implic în vreuna, să fiu sincer.

- Tocmai ai terminat una în urma căreia ai făcut buba, scumpule?

- Nu ştiu dacă am făcut buba, dar cu siguranță am fost dezamăgit. Şi chiar nu mai vreau, cel puțin pentru o perioadă, să mă implic şi emoțional.

- Te înțeleg perfect. Ce ți-a făcut? mă întreabă în timp ce-şi aprinde o țigară şi îmi face semn să îi urmez exemplul.

- Nu ştiu să-ți spun cu exactitate. Cert este că m-a mințit în legătură cu un apel primit. Mi-a zis că este o colegă, dar, de fapt, era un Marian.

- Hahahahaha! Da, și eu am mai mințit uneori în acest fel.

- Și care era adevărul? o întreb, încercând să-mi dau seama care ar putea fi adevărul între mine și Iulia.

- Că jucam la două capete - într-o parte era cel la care țineam și în cealaltă parte era cel cu care mai schimbam peisajul din când în când. Știu, nu-mi face cinste, dar sunt lucruri care inevitabil se întâmplă.

- Știu cum este să se întâmple astfel de lucruri. Te-a prins cel cu care aveai relația?

- Nu, dar de vreo două ori am apelat și eu la scuza pe care a folosit-o domnișorica ta. Fraierul celălalt nu a înțeles că nu trebuie să mă sune, ci să aștepte să-i dau eu un semn. Știa că am o relație și părea în regulă cu ideea de a ne rezuma doar la sex.

- Pare că vorbești cu dispreț despre amândoi, Diana.

- Este modul meu de a mă apăra, pentru că, da, recunosc, îmi este jenă de ceea ce am făcut atunci. De altfel, doar în acea relație am fost așa nemernică.

- Și de ce ai înșelat?

- Pentru că mă atrăgea fizic celălalt tip, cel cu care doar mi-o puneam.

- Atât? Pentru atât ai riscat o relație ce, din câte intuiesc, era foarte ok?

- Era aproape perfectă relația mea. Matei - așa îl cheamă - era un tip frumos, inteligent, cu un viitor strălucit în față. Avea grijă de mine, era răbdător cu mine, mă înțelegea și sprijinea oricând era cazul. Era ca pâinea caldă.

- Și atunci? Nu era bun sexul?

- Ba da, Adam. Era foarte bun. Doar că pentru a realiza ce ai avut și lucrurile ce nu ar mai trebui făcute, uneori, chiar este nevoie să fii prost și să greșești. Uneori, este nevoie să pierzi tot ce ai drag, pentru a înțelege că anumite decizii îți pot decide soarta. Știi, trebuie să pierzi pentru a învăța să păstrezi pe viitor.

- Totuși, cum v-ați despărțit dacă el nu știa că îl înșelai?

- Păi nu știa, dar, după o vreme, remușcările m-au făcut să-i recunosc eu. Deși ne-am despărțit de mai bine de un an, încă mai am vie imaginea lui atunci când i-am spus. Pur și simplu, nu mi-a zis nimic, deși mă așteptam să îmi spună vrute și nevrute. A tăcut, m-a privit în ochi preț de câteva secunde, s-a ridicat de pe scaunul din bucătărie, și-a luat haina din cuier și dus a fost. Uneori, tăcerea în astfel de momente doare mult mai tare decât orice cuvânt.

- Și nu ai încercat să te împaci ori măcar să-l cauți?

- Ba da, dar nu am reușit să dau de el. În următoarea zi, și-a schimbat numărul de telefon și cred că tot atunci s-a mutat de unde stătea în chirie. Am primit un singur mesaj, la o săptămână după faza asta, prin care-mi spunea că m-a iubit așa cum nu a mai iubit pe nimeni. Atât, nimic mai mult.

- Sper că ți-ai învățat lecția, pentru că altfel, vei mai pierde oameni, Diana. Și el părea un tip foarte ok.

- Este un tip foarte ok și cred că femeia care-l are acum sau care-l va avea o să fie o femeie extrem de fericită alături de el.

- Hai să ne îmbrăcăm și să mergem jos, mai bem și noi ceva, mai schimbăm o vorbă cu oamenii.

- Mă îmbraci tu? mă întreabă zâmbind.

- Am de ales? Dacă ar fi după mine, ai putea veni și așa.

- Și să vadă toți ce ai văzut doar tu? Te-ai simți bine?

- Ăăă, nu. Hai că te îmbrac, îi răspund râzând.

Coborâm jos unde era o nebunie curată. Unii dansau, alții erau întinși pe o canapea, probabil beți turtă, două tipe se sărutau. Unde naiba am nimerit? Ne uităm unul la celălalt și bufnim în râs. Îl caut cu privirea pe Andrei, dar nu-l găsesc. Mă duc pe balcon, dar nici acolo nu era. Îl sun și-mi dă ocupat. Poate că o fi cu o domnișoară și face și el nebunii, îmi zic.

**Bărbații înșală mai des, fără discuție. De fapt, ei nu înșală, ci experimentează, pentru că așa le este natura lor – așa ar gândi o femeie care nu-și folosește raționamentul logic.** Și n-o condamn, doar că este greșit modul ei de gândire. Și bărbații, și femeile, sunt la fel de oameni, ca atare la fel de supuși greșelilor. Atracția o simt și bărbații, și femeile, în același mod. Sexul este dorit la fel de mult de către ambele tabere. Consider că este greșit și puțin ipocrit să se arunce

90% din vina asta asupra bărbaților, mai ales după cele spuse de Diana.

Din experiență, pot spune că am înșelat, am văzut bărbați care au înșelat, dar, la fel de bine, uite că am văzut și femei care deși aveau tot ce doreau acasă, s-au gândit că n-ar strica să încerce și cu altul. Poate că, zic eu, femeile cunosc mai mulți bărbați care au înșelat pentru că, uneori, bărbații sunt puțin cam naivi și cred că este motiv de laudă. Femeile, pe de altă parte, după ce au făcut-o, conștientizează probabil că nu este un gest tocmai lăudabil și, ca urmare, preferă să țină doar pentru ele. Poate că nu le spun nici măcar prietenelor.

Totuși, să fim puțini raționali, să lăsăm deoparte stereotipurile ieftine ce nu ne fac deloc cinste și să ne gândim dacă bărbații chiar înșală mai mult. Eu spun că nu prea putem trage o astfel de concluzie, și nu pentru că sunt bărbat, ci pentru că am văzut ieșiri în decor de ambele părți.

Știu foarte bine că există muuuulți bărbați, care iubesc cald, iubesc până la Dumnezeu și înapoi femeia din fața lor. Singura condiție este să fie cea potrivită, cea destinată lui, pentru că nu cred că putem iubi o viață omul nepotrivit.

Celor înșelate le-aș spune că a fost de vină imaturitatea lui. Nu că a înșelat, ci că nu și-a asumat dorințele înainte de a le călca pe suflet. Știu că au fost rănite, dar, așa cum a zis și Diana, din acest lucru el va învăța și, pentru o altă femeie, va deveni întreaga ei lume. Într-un fel, deși nu și-ar fi dorit, femeile acestea înșelate au stat la baza dezvoltării lui.

Cred că trebuie evitate generalizările de acest fel, pentru că nu facem nimic altceva decât să ne producem singuri rău, să ne mințiți inutil, să rămânem ancorați într-un trecut ce nu ar trebui să ne mai intereseze.

- Ce faci, booooosss? aud o voce din spatele meu. Era Andrei.

- Ești cam cherchelit, amice. Uite, te căutam. Pe unde ai umblat?

- Am ars și eu o tipă. Zici că ești maică-mea, că doar ea mă întreabă pe unde umblu. Sunt major, fii fără grijă, nu pățesc nimic!

- Nu mi-am făcut griji, eram curios. Să te felicit?

- Ai putea, da. Tu ce ai făcut cu nebuna aia de Diana? Ai scărpinat-o jos? mă întreabă cu un zâmbet tâmp pe chip.

- Nu, doar am vorbit.

- Prostule! Doamneee, ce mă fac eu cu tine, mă?

- Hai, scutește-mă, băi, Don Juan!

Am preferat să neg, pentru că nu mi se pare de bun gust să spun ce se întâmplă între mine și o altă persoană. Lucrurile intime, de preferat, ar trebui să rămână intime, nu expuse tuturor, ca niște haine scoase la uscat pe sârmă în fața blocului. Prefer să fiu luat la mișto decât să mă bat cu pumnii în piept despre pe cine și cum am futut.

Pe la ora doisprezece, s-a spart cheful, pentru că toată lumea era îmbibată în alcool și nu mai aveai ce face. Îl iau pe Andrei și ne luăm rămas bun de la Diana:

- Pa, Andrei!

- Pa, Dienuțo! Îmi pare rău că amicul meu a fost mutalău! Data viitoare, n-am să-l mai aduc, pentru că mă face de râs.

- Mulțumesc, Adam! Diana îmi zâmbește, în semn de recunoștință pentru că am ales să păstrez pentru mine ce s-a întâmplat în dormitor.

- Nu ai pentru ce! Pa pa!

Chemăm taxiul și în douăzeci de minute am ajuns acasă. Mă dezbrac de hainele care miroseau a fum și a băutură - cred că am vărsat pe mine, altfel nu-mi explic de ce miros a tărie.

Abia după ce am făcut duș, am simțit că sunt obosit. Mai mult psihic decât fizic. Încă îmi stătea pe creier numele de Marian și legătura lui cu Iulia. Iau telefonul și încep să scriu un mesaj:

„Bună! Cum ești? Ce mai faci? Vrei să vorbim?" - asta am scris, însă pus în fața faptului de a îl trimite, dau înapoi. Consider că nu este de datoria mea să îi scriu Iuliei după tot ceea ce s-a întâmplat între noi. Mâine sigur sar peste facultate, pentru că singurul lucru de care am chef este să stau în liniște și să-mi pun gândurile în ordine.

Cred că atunci când îți pasă cu adevărat de omul din fața ta, nu îl trădezi - nu pentru că așa spun regulile unei relații, ci pentru că nu simți nevoia, având deja tot ceea ce-ți dorești. Când omul din fața ta este întreaga ta lume, pur și simplu, ești prea preocupat de el astfel încât să-ți mai pese și de aventuri.

Știu că tentațiile sunt mari și la orice pas, dar, de asemenea, știu că ele pier în fața persoanei la care ții, chiar dacă încă nu ai ajuns să o iubești. Când îți pasă cu adevărat, singurele aventuri pe care le ai sunt cele cu persoana de alături, în momentele în care renunțați la inhibiții. Atât, nimic mai mult!

## CÂND IUBEȘTI CU ADEVĂRAT, NU TRĂDEZI! NU PENTRU CĂ AȘA TREBUIE, CI PENTRU CĂ NU SIMȚI NEVOIA.

Nu mai ai nevoie de flirturi care să îți demonstreze că șarmul nu ți s-a risipit în timp, nu mai ai nevoie de complimente primite de la o altă persoană pentru că ți-e suficient să fii plăcut de cel cu care împarți binele și răul. De fapt, nu mai ai nevoie ca lumea din jur să-ți confirme ce ești și ce nu ești, ci vrei să fii sigur că ești doar ceea ce trebuie pentru persoana cu care împarți patul.

Eu cred că toate curiozitățile despre cum ar fi cu X sau cu Y ar trebui să dispară, pentru că îți dai seama că dacă faci toate lucrurile cu o singură persoană, veți fi fericiți. Realizezi cu ușurință că nu aveți nevoie de lucruri exterioare, ci doar de voi doi.

Când ții cu adevărat la celălalt, nu îi vei trăda toate speranțele pe care și le-a pus în tine, fiind sigur că îl vor duce spre fericire. Nu, vei trăda așa ceva, pentru că singura nevoie pe care o simți este să îl bucuri și să îl faci să se simtă norocos că te-a primit în viața acestuia.

Un singur om, omul tău, valorează cât toți ceilalți la un loc, pentru că alături de el ai trăit cele mai frumoase și unice clipe. Și, să fim serioși, ce fericire poate fi mai mare decât cea pe care o ai deja?

Sau poate că acesta ar fi cazul ideal. Nu știu, încercam să-mi dau seama ce a fost cu adevărat între mine și Iulia, ce simțea ea cu adevărat pentru mine. Da, nu sunt sigur că despre trădare vorbim aici, dar când nu poți argumenta un lucru și când ascunzi chestii, nu prea ai cum să te gândești la altceva.

**Trăim vremuri în care ne futem excepțional și ne iubim mediocru.** Mă gândesc că dacă ne-am iubi cu aceeași intensitate cu care ne-o tragem, cu siguranță, am fi mult mai fericiți. Poate că din obişnuinţă, ne oprim la sex ce, fără discuţie, este mult mai uşor decât iubirea. Sexul, în general, nu necesită respect, nu necesită sinceritate, nu necesită sacrificii şi compromisuri, ci doar doi oameni cu chef de tăvălit.

Dacă ne-am iubi aşa cum ne futem, adică la fel de intens, cu la fel de multă pasiune, cu multă atenţie astfel încât să ne simţim bine amândoi, am fi mult mai fericiţi. De iubire, se pare că fugim de mâncăm pământul. Când vine vorba despre sex, ei bine, aici ne batem care să ajungă în faţă, să prindă o partidă.

Dacă am lăsa iubirea la fel de liberă cum ne lăsăm hormonii, am învăţa să ne iubim în fiecare zi şi am înţelege că de unii singuri nu putem obţine fericirea. Exact ca atunci când faci sex – dacă lucrezi în echipă, se lasă cu o seară fierbinte. Dacă eşti egoist, celălalt va rămâne nesatisfăcut.

De asemenea, dacă am simţi să iubim la fel de des precum simţim că am vrea să ne-o tragem, poate că nu ar mai exista cupluri care şi-o trag bine, dar rămân corijenţi la iubire. Poate n-ar mai exista cupluri care rămân doar cu nopțile fierbinți și zilele reci. Dacă am înlocui „vreau să te fut” cu „vreau să te fac fericit/ă”, sunt sigur că ar fi mai multe zâmbete în lumea asta.

Dacă am trece sexul ca nevoie secundară și iubirea i-ar lua locul, acolo, pe prima poziție, am fi oameni fericiți, care nu se tem să își deschidă sufletul în fața celui din față – spun asta, pentru că atunci când facem sex, consider că n-avem timp să mințim. Poate că, în acest caz, n-am mai vorbi atât de mult și fără rost, ci am trece direct la fapte. Doar știm că faptele ne arată de ce vorbele nu înseamnă nimic.

M-am trezit la ora prânzului, cu o durere de cap ce sigur nu era de la alcool, pentru că nu băusem într-atât de mult. Mă ridic greoi, mă duc în bucătărie să pun apa la fiert, sperând să îmi treacă dacă beau o cafea, iar apoi mă duc să-mi fac siesta de dimineață. Abia când am trecut pentru a doua oară pe holul de la intrare, am remarcat că cineva mi-a strecurat pe sub ușă un plic. În ritmul acesta, s-ar putea să mă trezesc şi cu un elefant băgat pe sub uşă.

Opresc apa, îmi torn în cană, peste cafea, arunc două cuburi de zahăr şi deschid scrisoarea. Aveam un presentiment, ce, evident, mi s-a adeverit. Era de la Iulia. Totuşi, cine naiba mai scrie scrisori în zilele noastre?

Redau mai jos conţinutul înşirat pe patru pagini:

---

*Dragul meu, Adam*

*Nu ştiu ce s-a întâmplat cu noi şi unde ne-om fi pierdut. De fapt, nu contează asta, ci faptul că te-am dezamăgit. Însă, ştiind că nu vei vrea să mă auzi, mi-am permis să-ţi trimit această scrisoare, în rândurile căreia sper să regăseşti puterea de a o face fericită, la un moment dat, pe femeia vieţii tale. Să nu crezi, te rog, că toate femeile sunt la fel, pentru că te-ai înşela amarnic!*

*Chiar dacă între noi n-a fost să fie, pentru că eu am greşit, să ştii că atunci când o vei întâlni pe femeia care te iubeşte din tot sufletul ei, ea chiar te va vedea perfect, pentru ea vei fi cel mai bun bărbat din câți există. Evident, după taică-său. Pentru ea, vei fi perfect fix așa cum ești tu, cu nebuniile tale de moment, cu defectele tale, cu greșelile tale pardonabile, cu faptul că nu prea te descurci cu treburile casnice, cu nemulțumirile tale nefondate sau cu punctele tale slabe, cu tot ceea ce eu n-am putut accepta. Știu, n-aveai de unde să știi că mă deranja ceva, pentru că mereu am zâmbit și am tăcut. Nu, n-ai făcut nimic greșit, ci greșeala a fost la mine-n creier și suflet. Am fost proastă și-o spun plecând capul. Sper să mă ierți într-o bună zi!*

*Revenind, pentru ea, cea care zâmbește de fiecare dată când te vede ori îți aude numele, vei fi perfect și atunci când, uneori, după o zi obositoare la muncă (poate la fel de obositoare ca a ei), vii acasă și-ți descarci nervii pe ea. Știu că îți vei cere scuze, realizând că a fost o tâmpenie, dar mai știu că și ea te va înțelege, pentru că atunci când te-a ales, a ales să înfrunte momentele urâte alături de tine, mână de mână. Te va înțelege pentru că și ea are zile proaste și greșește. Ca orice femeie. În fapt, ea va pricepe că amândoi sunteți la fel de oameni și la fel de supuși greșelii.*

*Pentru ea, vei fi perfect chiar dacă habar nu ai să gătești. În fond, trebuie să vă completați - ea mâncarea, tu vinul, ea șters praful, tu aspirat, iar pentru ea nu va conta să le știi pe toate, ci să iei jumătatea la care te pricepi. Pentru ea, vei fi perfect chiar dacă ai puncte slabe, pentru că știe că fix acele puncte slabe te fac să fii om, nu un roboțel de fier.*

*Vei fi perfect chiar și atunci când mai greșești. Desigur, vorbesc despre greșeli pardonabile, cele care sunt inerente, căci, la fel cum am spus mai sus, suntem oameni. Ceea ce am făcut eu este una dintre greșelile pe care îmi doresc să nu le faci vreodată. Îți va înțelege micile ieșiri în decor și chiar dacă te ceartă, la final, te va lua în brațe și te va ruga să ai mai multă grijă data viitoare. Așa sunt femeile care iubesc, ca niște mame.*

*Vei fi perfect chiar dacă ești puțin cam slab ori puțin cam gras. Nu va avea nevoie de un fotomodel, ci de un bărbat cu un caracter model, iar tu îl ai, dragul meu. Nu are nevoie de un bărbat lucrat la sală, ci de unul care nu a lipsit la cursurile de „cei șapte ani de acasă". Pentru ea, va fi perfect bărbatul care nu se teme să-și ascundă imperfecțiunile, conștient fiind că în ochii ei el este ideal. Așadar, fii tu și nu te teme că nu îi ești de ajuns!*

*Când o vei întâlni, când vei avea acasă o femeie care te privește cu dragoste, te atinge cu atenție, îți vorbește cald și te iubește cu nebunie, te rog, nu-ți fie teamă să i te dăruiești cu totul! Să o prețuiești ca pe ochii tăi din cap, căci altfel s-ar putea să-i dai un picior în fund sufletului tău pereche și va fi dureros să o mai vrei, dar să nu poți să o mai ai. Da, va fi dureros, oricât te-ai încuraja tu că mai există și alte femei pe lumea asta - da, mai există și altele, dar s-ar putea ca niciuna să nu mai fie măcar cât era ea. Iubește-o, sărut-o, ai grijă de ea, fă-o fericită la rândul tău și fiți fericiți atât timp cât destinele voastre sunt legate!*

*Noi n-am putut să fim fericiți așa cum poate ți-ai fi dorit, dar sunt sigură că lângă o femeie potrivită vei cunoaște fericirea pură!*

*Îmi pare rău! Îți doresc tot binele din lume!*

*Cu drag,*

*Iulia*

---

Mototolesc scrisoarea și o arunc la gunoi. Nu pricep ce a vrut să zică. M-a înșelat sau nu? Asta mă interesează cel mai mult. Pentru ce își cere scuze? Pentru că a mințit doar în legătură cu acel Marian și în legătură cu fericirea ei alături de mine? Sau este mai mult de atât?

Futu-i mama ei de treabă! De ce dracului îmi trimiți o asemenea scrisoare când nu spui nimic din ce aș fi vrut să aud? De ce te mai interesează viitorul meu atât timp cât tu ai decis singură să îl părăsești?

Simt că înnebunesc. Am nervii întinși la maxim și habar nu am ce aș putea face pentru a îmi mai atenua starea asta de căcat. Da, o voi suna, pentru că am nevoie de explicații, iar eu niciodată nu i-am spus că nu vreau să o mai aud. Cel puțin, vreau să o aud până aflu adevărul, apoi mai vedem.

Cum nu se putea mai rău - Abonatul bla bla nu răspunde. Probabil și-o fi schimbat numărul, gândindu-se că s-ar putea să sun pentru a obține mai multe explicații. Acum, tot ce a făcut ea, venind la ușă și aruncându-mi o scrisoare, mi se pare un gest laș, lipsit de maturitate. Dacă ai făcut un mare rahat, asumă-ți-l și lămurește-l față în față. Mă omori, femeie!

Abia în aceste clipe îmi dau seama că, fără să realizez, am pus mult prea mult suflet în ceea ce am avut două luni și ceva. Mă doare ca naiba tot ceea ce se întâmplă acum.

Am fumat vreo zece țigări într-o oră, încercând să găsesc soluția salvatoare. Îi dau mesaj lui Andrei și-l rog să-mi dea numărul Dianei - cred că ea este ceea ce am nevoie acum. Vreau să vorbim, să mă descarc cuiva care s-ar putea să mă înțeleagă. După glumele de prost gust, mi-l trimite.

„Bună, Diana! Adam sunt. Am nevoie să vorbim. Crezi că ai timp?”

După vreo zece minute, primesc răspunsul mult așteptat.

„Desigur, oricând vrei! Eu într-o oră scap de la facultate și ne putem vedea la Victoriei, acolo în față la McDonald’s. Ce spui? Este prea din scurt?”

„Nu, este perfect, ne vedem acolo! Mulțumesc mult”

„Ok. Pentru puțin. Liniștește-te până atunci, să putem vorbi. Te pup!”

Fac un duș pe repede înainte, îmi trag primul tricou găsit și prima pereche de blugi ieșită în cale, fumez o țigară și chem un taxi.

- Hei! Ce-i cu tine? mă întreabă Diana după ce m-a îmbrățișat.

- O să-ți povestesc după ce găsim un loc liniștit unde putem bea o cafea. Aștepți de mult timp?

- Nu, acum două minute am ajuns și eu. Stai liniștit!

- Ok.

Am mers tăcuţi vreo cinci minute, cât a durat drumul până la o cafenea de pe lângă ASE. Era un loc mic şi intim, ceea ce mă făcea să mă simt mai liniştit. După ce am dat comanda, Diana revine asupra subiectului:

- Deci? Care-i buba? Cumva fosta ta iubită?

- Mda, îi răspund printre dinţi.

- Dacă o să vorbeşti în felul acesta, să ştii că s-ar putea să nu am cum să te ajut. Ce s-a întâmplat?

- Am primit o scrisoare de la ea.

- Ce? Cine mai trimite scrisori în ziua de azi? mă întreabă Diana amuzată.

- Cert este că a venit până la uşa mea şi mi-a băgat plicul pe sub ea. L-am găsit în hol.

- Interesantă mişcare! Şi ce scria în acea scrisoare?

- Uite-o, îi spun în timp ce-i înmânez scrisoarea mototolită. Da, am decis să o păstrez pentru o vreme.

- Îhî, mda, nu prea înțeleg ce a vrut să spună ea în paginile astea, îmi răspunde Diana după ce a terminat de citit.

- Da, asta este problema. Nici eu nu înțeleg care a fost problema și pentru ce își cere scuze. Tind să cred că m-a înșelat.

- Nu m-aș arunca asupra unei concluzii, căci s-ar putea să mă înșel. Ai sunat-o?

- Da, dar cred că și-a schimbat numărul. Așadar, nu prea am cum să dau de ea. Mă rog, aș avea cum dacă aș pune o întrebare ori lui Andrei, ori unei prietenele de-ale ei. Dar parcă n-aș prea vrea să răspândesc chestia asta. Ah, te rog să rămână între noi ceea ce vorbim aici!

- Crezi că după ce ai negat ce s-a întâmplat între noi în fața lui Andrei, sunt atât de nemernică să urlu în gura mare ce ți s-a întâmplat? Rămâne aici, fii fără grijă!

- Mulțumesc!

- Nu prea am cum să te ajut, Adam! Doar ea îți poate oferi răspunsurile pe care le cauți. Nimeni altcineva. Singurul lucru pe care ți-l pot spune eu, deși pare pueril, este să lași trecutul acolo unde îi este locul. Ce a fost a fost, nu mai ai cum să schimbi. Iar, uneori, cred că este mai bine să nu ai un răspuns decât să ai unul care îți face mai rău.

- Da, dar nu pot lăsa așa lucrurile. Nu îmi stă în caracter să le dau uitării, fără a avea un răspuns oricât de banal ar fi el.

- Cred că trebuie să înveți să îți stea în caracter uneori, pentru că altfel riști să cauți o viață întreagă acul în carul cu fân.

- Voi încerca, dar nu promit că voi și reuși.

- Mie nu trebuie să-mi promiți ceva. Ție trebuie să-ți promiți, dar doar ce este bine pentru tine. Nu îți face rău singur, te rog.

- Nu înțeleg de ce nu își asumă ceea ce o fi făcut, indiferent cât de nasol ar fi!

- Pentru că nu toți oamenii au puterea de a își asuma prostiile. Să fim serioși, știm pe ce planetă trăim, nu?

- Da, ai dreptate…

- Îți recomand niște ieșiri în care să te distrezi, să bei un vin bun alături de oameni faini. Sunt sigură că te va scoate din starea asta nasoală.

- Voi încerca, Diana.

- Hai să mergem. Dacă mai ai nevoie vreodată de ceva, sună-mă fără probleme. Vorbim despre orice ai tu nevoie. Și să știi că nu m-a deranjat că ți-a dat Andrei numărul meu. Poate, totuși, relația dintre noi va fi una de prietenie. Cu sau fără beneficii, îmi spune zâmbind.

- Hai! Mulțumesc mult!

- Pentru puțin! Hai să te pup!

Ne-am despărțit, eu luând taxiul spre Unirii, ea spre nordul capitalei. Cred că are dreptate - nimeni nu te poate ajuta mai mult decât o poți face tu. Și, oricât de bine intenționat ar fi un om, sfaturile lui s-ar putea, pur și simplu, să nu ți se potrivească și să facă mai mult rău decât există deja.

Îl rog pe șoferul de taxi să oprească la Unirii. Vreau să mă plimb până acasă, să-mi mai aerisesc creierul câtuși de puțin.

Mă gândesc că, totuşi, poate ar fi mai bine să las, exact cum a spus Diana, în trecut tot ce a fost între mine şi Iulia. În viaţă, există oameni pentru care lupţi să-i ţii aproape, dar care îţi aduc mai mult rău rămânând lângă tine. Sunt acei oameni despre a căror lipsă crezi că îţi va provoaca haos în viaţă, dar care, prin prezenţa lor, îţi oferă haosul de care te temi atât de mult.

Poate că dacă ajungi să împarți doar patul, nu și clipele petrecute în doi în acel loc, doar dorinţele, nu şi realizarea lor, doar zâmbetele, nu şi fericirea, doar cafeaua de dimineaţă, nu şi sărutul de bună dimineaţa, ar cam fi cazul să te gândeşti ce este mai bine pentru tine. Dacă ajungi să împărţi doar cele două camere ale apartamentului, nu şi visele, visurile, speranţele ce se nasc acolo, dacă împărţi doar momentele bune, nu şi pe cele rele, poate că este mai bine să te doară c-a plecat decât să te doară că a rămas.

Cred că o iubire pentru care mai mult lupţi să o păstrezi vie, atât de mult încât nu mai apuci să te bucuri de timpul petrecut împreună, nu este nimic altceva decât o greutate ce apasă pe umerii sufletului tău. În definitiv, există viaţă, există iubire, există fericire, există speranţă după cel care până de curând îţi era lumina ochilor şi care tocmai a închis uşa în urma lui.

În viaţa noastră, există momente în care trebuie să lupţi cu toată fiinţa ta, dar există şi momente în care trebuie să te laşi învins chiar dacă înfrângerea este poate prea dureroasă şi prea demoralizatoare. Pentru unii oameni trebuie să lupţi când şi atât cât e cazul căci dacă vei duce o luptă continuă, te vei trezi într-o zi că-ţi lipseşti ţie.

Poate că asta trebuie să înțeleg eu - că așa a fost să fie, chiar dacă nu-mi place când lucrurile rămân în aer. Uneori, poate că trebuie să te mulțumești cu acel „așa a fost să fie" și nimic altceva.

Ajuns acasă, îmi dau seama că stomacul meu a fost cam neglijat. După ce mănânc ce am găsit prin frigider, îmi aduc caietul cu texte și mă apuc să scriu. Poate că scriind, voi mai uita de toată situația în care mă aflu.

## SUNT DESTUL DE MATUR SĂ TE IERT, DAR NU DESTUL DE PROST SĂ TE MAI CRED.

*Nu toate plecările înseamnă automat un gol în suflet sau un minus în viață. Unele chiar sunt binevenite și-ți vor aduce liniște. Poate că-ți face o favoare lăsându-te. Cât vrei să te mai minți că ești fericită lângă el? Cât vrei să te mai minți că ești fericit lângă ea?*

*Oamenii, inevitabil, dezamăgesc. Cine nu a făcut-o până acum, s-ar putea să o facă în viitor chiar dacă pare greu de crezut. Chiar fără să vrem, fără să realizăm, îl dezamăgim pe cel de lângă. Uneori, îl ruinăm de-a binelea. Poate că singura explicație logică este shit happens.*

*Dragă femeie, drag bărbat, tu cum mai stai cu sufletul? Dacă este totul bine, atunci mă bucur și-ți urez și mai mult bine. Dacă îți este rău, nu vrei să schimbi motivul nefericirii tale în loc să te schimbi tu? Ai dubii, lămurește-le! Ai ceva de spus, spune-o frumos! Dacă nu găsești curaj să pleci, pentru că simți că nu știi încotro să apuci, gândește puțin – este mai bine să te doară în fiecare zi prezența cuiva decât să te doară absența celuilalt pentru o perioadă de timp?*

*Ridică-te de jos, scutură-te și ieși în lume, conștient că meriți să fii al naibii de fericit! Chiar nu merită să suferi pentru cauze pierdute, pentru oameni care nu-ți aduc nimic bun, pentru oameni care dezamăgesc aproape la fiecare pas. Nu merită să încerci să schimbi un om doar pentru că-l iubești, căci dacă te iubea în egală măsură, totul era frumos și nu se ajungea aici.*

*A plecat înaintea ta? Foarte bine! Poate că ți-a făcut o favoare. Faptul că a găsit pe altcineva, faptul că a renunțat la tine pentru un portofel mai gros ori pentru niște sâni mai mari, să fim serioși, chiar ai câștigat nițel timp pentru a-ți pune gândurile în ordine! Omul ăla, mai devreme sau mai târziu, te lăsa baltă oricum. A plecat fără să-ți dea explicații, așa cum am pățit eu? Îți repet ce am realizat eu astăzi - nu căuta răspunsuri care nu există, ci înțelege că n-ai valorat mai nimic.*

---

Când am pus jos pixul, m-am simțit mai eliberat. Poate că așa mă vindec eu - scriind. Habar nu am, însă, sunt sigur, pe parcurs voi descoperi dacă am sau nu dreptate în această privință.

Mă gândeam cum se întoarce karma și-ți dă un șut în ouțe. Eu am înșelat-o pe Andrada, Iulia, probabil, m-a înșelat pe mine. Da, Andrada este singura pe care am înșelat-o, pentru că cele care au urmat după ea și până la Iulia au fost relații destul de scurte, în care nu am fost implicat emoțional absolut deloc. Așadar, când am simțit să plec, am plecat fără să-mi pese. Știu, nu a fost frumos, dar, cu siguranță, a fost sănătos atât pentru mine, cât și pentru acele fete.

Îmi dau seama că nu am început așa cum îmi imaginam viața de student, viața în București. Am crezut că voi fi dintr-o petrecere în alta, dintr-un club în altul, dintr-o femeie în alta. Ei, uite că socoteala de acasă chiar nu se potriveşte cu cea din târg. Stând în faţa caietului în care scriu, îmi dau seama că fac parte dintr-o scenă destul de tristă şi, ca atare, îl sun pe Andrei să îi propun o ieşire pe undeva în seara asta.

- Salut, Don Juane!

- Salut, fătălăule! îmi răspunde el, nelăsându-se mai prejos în ironii.

- Ce faci?

- Mă cam plictisesc. Aş avea chef de o ieşire prin centrul vechi. Ce spui?

- Gând la gând cu bucurie, că acelaşi lucru voiam să ţi-l propun. Mai ia şi tu vreo doi colegi de-ai tăi şi hai să ne punem în cap.

- Mă, dar ţie ţi-a dat femeia papucii? Că altfel nu-mi explic ce este cu atitudinea asta.

- Da, mă, ne-am despărţit. Eşti fericit acum, că ai aflat? îi răspund, sperând să nu mai pună şi alte întrebări.

- Sper că ești bine. N-am să te bat la cap cu întrebări. Dacă vrei să vorbim, sunt aici. Dacă ți-a făcut ceva nasol aia, să-mi spui.

- Nu mi-a făcut nimic nasol. Ne-am despărțit de comun acord, să zic așa. Mă rog, i-am spus că nu pot să mă implic.

L-am mințit, pentru că nu aveam chef de „ți-am zis eu!". Chiar nu ar fi momentul potrivit pentru astfel de replici.

- Bine. Hai că sun și eu pe la unul, pe la altul, și-ți dau mesaj cu ora și locul în care ne vedem. În principiu, cred că pe la 11.

- Ok, aștept. Ne auzim! Pa!

- Salut!

După ce i-am închis telefonul, m-am dus să-mi aleg hainele cu care să ies în oraș. Zici că este zi de sărbătoare. Sau că mă duc la nuntă - cu așa rigoare îmi căutam hainele. Primesc și eu mesaj de la Andrei în tot acest timp - „La 11.15, în fața la Starbucks. Mai vin încă doi amici".

Super! O să fie seara bărbaților, deși, personal, mi se pare cam aiurea. Însă, deh, când vrei să te distrezi, ai nevoie de o astfel de companie. Între băieți, nu trebuie să ai mare grijă cum te comporți, cât bei, cum bei, cu ce fată intri în vorbă și așa mai departe. Cred că știm cu toții senzația asta.

Când am ajuns eu în față la Starbucks, ei erau deja acolo.

- Cam greu ajungi, prințesă mică! este felul lui Andrei de a-mi atrage atenția că am întârziat cinci minute.

- Acum, dacă ai terminat, aș vrea să-i cunosc și eu pe băieți, îi răspund.

Facem cunoștință și apoi plecăm spre DAMON, locul în care am simțit că am ceva în comun cu Iulia. Da, recunosc, nu am fost foarte confortabil cu ideea, dar m-am supus votului majorității. Unele locuri, după o despărțire, devin de nevizitat.

În fine, seara a fost destul de fadă până la un punct, când m-am îmbătat atât de tare încât nu îmi mai aduc aminte cum am ajuns acasă. Ca atare, cred că ăsta a fost cel mai notabil lucru. Dimineață, așa cum era de așteptat, m-am trezit cu o durere groaznică de cap și duhnind a distilerie. Ziua de astăzi era compromisă de mahmureala caracteristică unei astfel de beții. Tot ce am reușit să fac a fost să mă spăl, să mănânc ceva și să văd un episod din serial. Și apoi am adormit până a doua zi dimineață.

Nici nu mai știu ce zi este, dacă am sau nu facultate. Mă uit la telefon și văd că ceasul arată ora 6.10, vineri. Astăzi, n-am cursuri, ceea ce înseamnă că săptămâna asta n-am prea dat pe la facultate. Ah, facultate! Larisa! Poate îi scriu mai pe după-amiază, să bem cafeaua aia împreună.

Cu toate că încerc să ignor, mă tot gândesc la Iulia. Parcă sunt un obsedat. Dar, cred, așa se întâmplă după ce te desparți de un om la care țineai, care nu-ți era deloc indiferent. O perioadă de timp, oricât de mult ai vrea să nu se întâmple, te gândești la celălalt, la ceea ce v-a legat și la ceea ce v-a separat.

La 12, am plecat spre Piața Unirii, să mă mai uit și eu prin magazine după haine. Nu mă omor cu uitatul după haine și am noroc pentru că mi le aleg repede - ce-mi place iau, iar dacă mai văd altceva și mai am bani iau și acel ceva. Dacă nu mai am buget, aia este, rabd că nu e capăt de țară. Negăsind ceva care să-mi placă, am ales să încerc și magazinele dinspre Universitate, cam la 10-15 minute de mall-ul de la Unirii.

Ei, și cum treceam eu prin fața unor localuri, prin fereastră văd un chip extrem de cunoscut. În primă fază, rămân blocat și-mi spun că nu se poate așa ceva. Apoi, după câteva secunde, realizez că ceea ce văd este cât se poate de real. Era Iulia alături de un tip și păreau destul de apropiați din moment ce am surprins un sărut între ei. Simt că îmi cade cerul în cap.

În primul moment după ce i-am văzut sărutându-se, m-am gândit să intru și să-i spun vreo două, însă am realizat destul de repede că aș face o mare măgărie. Și nu aș rezolva absolut nimic, în esență. Probabil, îmi spun, el o fi acea colegă a ei - Marian pe numele ei de fată mare. Morții mă-sii! Asta-mi mai lipsea, să o văd cu tâmpitul ăla.

După vreun minut în care, posibil, m-am holbat prin fereastră, având norocul de a nu fi surprins, m-am întors din drum și am decis să o iau la pas prin București. Sunt un car de nervi, așa că naiba mai are chef de cumpărat chiloți, izmene, cămăși și alte rahaturi. Futu-i mama mă-sii de treabă! Ptiu!

Nu știu dacă ceea ce simt este ură față de ea. Sau poate este doar dezgust. Cert este că mi-a lăsat un gust amar. Nu înțeleg de ce te dai prințesă dacă nu ești - prințesele nu au coroană, au coaie (evident, metaforic), frate, să-și recunoască faptele.

Băga-mi-aș piciorul în gura lui Marian! Ce gâtul mă-sii i-o fi trebuit și ăluia să se bage în relația noastră? În următorul moment, după ce mi-am pus singur întrebarea, am realizat că sunt extrem de prost - el a încercat, ea a acceptat. Exact cum a încercat Alexandra pe vremuri și eu am acceptat. De fiecare dată, au fost victime colaterale, atunci Andrada, acum eu.

Nu mai pune la suflet, prostule! Încerc să mă îmbărbătez singur. Bagă-ți picioarele! Dacă tot simți că ai ajuns la capătul puterilor, dă-o dracului! Mai mult rău îți faci consumându-te pentru o persoană care, probabil, nu mai dă doi lei pe tine. E timpul să pleci pe drumul la capătul căruia găsești fericirea, băi, Adam! Gata, stop!

Meriți să fii fericit! Dă-ți șansa asta! Nu mai pune la suflet tot ce nu trebuie! Pur și simplu, bagă-ți pula și pleacă unde îți este mult mai bine!

Căcat, terapia cu mine pe post de psiholog și pacient în același timp funcționează deficitar. De fapt, să fiu sincer, nu funcționează. Al dracului cum este și asta - altora poți să le dai sfaturi, însă ție nu ești capabil să-ți spui nici măcar o vorbă de încurajare care să aibă câtuși de puțin efect asupra stării de spirit.

În fine, fără să-mi dau seama am ajuns pe la Romană, adică la vreo oră de casă. Am mers ca un bezmetic, fără direcție, pentru că simțeam că am nevoie să mă obosesc într-un fel. Când ești obosit, mintea nu prea mai are timp să-ți dea de gândit. Da, chiar și o plimbare ajută.

Totuși, printre picături, înțelegeam că pe Iulia, probabil, o pierdusem cu mai mult timp înainte de a primi acel telefon. Nu pot să nu mă întreb ce s-ar fi întâmplat dacă n-ar fi existat acel apel - ar fi continuat jocul la dublu sau ar fi recunoscut într-un final? În același timp, nu pot să nu mă gândesc și la când dracului o fi avut timp să se vadă cu ăla. Sau dacă s-o fi văzut ori doar au schimbat mesaje. Bine, nu că ar mai conta acum astea, dar, așa, pentru curiozitatea mea. Sunt conștient că nu voi avea vreun răspuns și, cred eu, chiar dacă voi avea ocazia să-l obțin, este mai bine să nu-l cunosc, pentru că s-ar putea să-mi facă mai rău.

Vorba aia - un șut în fund, un pas în față. Fac drum întors spre casă, iar într-o oră am ajuns. Îi dau mesaj Larisei.

„Bună, Larisa! Ce spui astăzi de o cafea?"

Până una alta, îmi fac o cafea, îmi aprind o țigară și îmi iau caietul în care mi-am lăsat o parte din suflet.

---

*Să reușești să-l faci fericit pe bărbatul tău chiar și atunci când ești cu hainele pe tine, asta înseamnă să fii o femeie mișto! Dacă nu poți, stai dracului în banca ta și învață definiția femeii. Dar dacă poți, atunci înseamnă că te cunoști și că știi să-ți pui în valoare calitățile, iar defectele să ți le faci plăcute în fața lui. Înseamnă să-i fi dat de înțeles, foarte clar, că și cu hainele pe tine ești o femeie la fel de frumoasă ca atunci când le dai jos și sari pe el.*

*Să reușești să-l faci să te dorească cu aceeași ardoare cu care te dorește când ești în pat, înseamnă că ești stăpână pe atuurile tale și știi să le folosești extrem de bine. Ești o femeie veritabilă! Și, în acest fel, vei deveni o femeie fericită alături de bărbatul tău.*

*Când ești o simplă bucată de piele dezvelită, când ești o serie de poziții sexuale, când tot ceea ce poți oferi sunt sânii tăi voluptoși și fundul bombat, bărbații te vor trata ca atare – ca pe un trofeu pe care, în cele din urmă, îl vor agăța de-un cui al memoriei lor.*

*De cealaltă parte, se află femeile inteligente, cele care știu să stârnească și cele mai bine ținute în frâu dorințe ale bărbatului din fața lor. Acolo se află femeile care știu că timpul schimbă formele, percepțiile și plăcerile, dar sunt la fel de conștiente că o minte lucrată mai bine decât trupul va rămâne o eternă plăcere pentru un bărbat bun.*

*Să-l faci fericit nu doar când ți-o trage, ci și atunci când te ia în brațe, te sărută pe frunte ori te ține de mână, asa înseamnă să fii femeie jos pălăria! Să-l provoci să te dezbrace, nu doar de haine, ci și de temeri, de griji, de milioanele de gânduri ce se plimbă prin cap, asta înseamnă să fii una demnă de respect.*

*Să-l provoci să vrea să evolueze doar pentru a nu rămâne-n urma ta, să reușești să-l stârnești cu o simplă privire, un simplu gest, un singûr cuvânt, asta înseamnă să fii o femeie pentru care ar fi în stare să construiască un viitor strălucit! Aici stă toată șmecheria pe care o femeie o poate deține și de care se poate folosi pentru o viață în doi extrem de împlinită.*

*Să fii tot ce nu a fost Iulia. :)*

---

Am fost extrem de concetrat pe ceea ce am scris, din moment ce nu am auzit că am primit un răspuns din partea Larisei.

„Bună, Adam! Mi-ar face plăcere. La ce oră vrei să ne vedem?"

„La 20.00, la Romană, este ok?"

„Nu vrei mai bine să ne vedem la Unirii, să mergem într-un pub din Centrul Vechi?"

„Mie-mi convine, că este aici aproape. Ne vedem în față la Starbucks?"

„Da, așa rămâne, la 20.00, în față la Starbucks. Să mă îmbrac asemenea unei prințese?"

„Da, că și eu vin în costum."

„Haha! Ok, aşa fac, îmi iau tenişi, blugi, un tricou şi ceva mai gros peste, că se apropie iarna.”

„Perfect! Ne vom asorta de minune! Ne auzim! Te pup!”

„Și eu!”

După mesajul ei, am rămas blocat la expresia „şi eu” ce, personal, mi se pare cea mai urată din câte există. Bine, nu în cazul de față, ci atunci când la „te iubesc” se răspunde cu „și eu”. Mi se pare atât de impersonal, ba chiar spre saturație. Am auzit multe cupluri în care unul dintre cei doi răspunde într-o astfel de manieră. Parcă cel care poate răspunde aşa este cel care va suferi mai puțin dacă va avea loc o despărțire. Bine, se prea poate să mă înşel şi să fie doar un lucru pe care eu îl percep diferit. Nu neg această posibilitate, însă mie tot mi se pare hidos acel „şi eu” când vine vorba de sentimente.

Ah, că tot am adus în discuție iubirea. Toată lumea ştie cum să definească, cam toți știu ce este iubirea, însă oare câți s-au gândit ce nu este.

Eu cred că iubirea nu este o afacere bazată pe cerere și ofertă. Nu este un troc între doi oameni care își așează pe masa din bucătărie tot ce au și apoi fac schimb de produse. Atunci când iubești oferi din plăcere, ajutându-l pe cel de lângă tine să-și umple sufletul cu frumos. Cred că atunci când iubești, înțelegi că iubirea dintre voi este asemenea unei străzi cu sens unic și că tot ceea ce trebuie să faceți este să vă concentrați pe ce oferiți celuilalt.

Mai cred că iubirea nu este un haos în continuă creștere, gata să te cuprindă cu totul. Atunci când iubești, îți pui lumea în ordine, iar mai apoi îi dai o mână de ajutor și celui de lângă tine. Când iubești, există o stare constantă de liniște sufletească indiferent de ceea ce este afară. Chiar dacă marea este agitată, intri în ea știind că la țărm te veghează cel mai pregătit salvamar – cam așa este iubirea.

În timp, am observat că unii vorbesc prea mult și fac prea puțin. Totuși, iubirea nu se verbalizează prea mult. Indicat ar fi să se simtă mult, să se demonstreze prin fapte, să se consolideze prin strângeri de mână. O iubire pe care o poți explica în cuvinte multe este o iubire trecută ori închipuită.

Apoi, spun că iubirea nu este posesivă. Când iubești, cu toate că ai temerile tale, înțelegi că libertatea celuilalt nu trebuie îngrădită de ceea ce te înspăimântă. Iubirea îl lasă pe celălalt să fie el în forma pură. Iubirea nu impune, ci lasă totul să se întâmple.

Nici lașă nu este iubirea. Ea nu îți antrenează picioarele pentru a fugi, ci sufletul pentru a rămâne devotat și determinat. Ea pleacă doar atunci când s-a epuizat cu totul, când focul a fost stins de toate ploile lumii.

Da, Iulia, cam asta ar trebui să știi, chiar dacă noi nu am vorbit niciodată despre iubire, în sinea mea am crezut că ceva ceva este între noi.

Nu o condamn pentru că a renunțat la noi, ci pentru că a ales cea mai urâtă cale, cea a minciunii. Nimic nu doare mai tare decât o minciună. Prefer adevărul gol-goluț decât niște minciuni îmbrăcate pompos. Nu am să o vorbesc de rău nimănui, pentru că acest lucru nu ar schimba nimic.

Ce a fost între noi va deveni, în timp, o amintire din care fiecare își va extrage învățăturile. Poate că, asemenea mie, și ea va realiza că sufletul unui om nu trebuie călcat în picioare într-o astfel de manieră.

Și da, îi doresc tot binele din lume. N-aş avea niciun motiv să îmi doresc să îi fie rău, să sufere, să i se întoarcă roata. La ce bun? Ar schimba cu ceva ceea ce s-a întâmplat? Nu cred…

De astăzi, Iulia, am să te dau uitării, lucru pe care, cel mai probabil, tu l-ai făcut deja. Mă bucur pentru tine!

Aici se încheie acest capitol din viața mea, cel în care am pățit ceea ce, cândva, am făcut și eu. Și din astfel de lucruri ne șlefuim caracterele și evoluăm - din a dezamăgi și a fi dezamăgiți. Suntem oameni, repet, așadar suntem supuși greșelilor. Important, subliniez, este să învățăm din ele.

Îmi sună telefonul, iar pe ecran îmi apare numele lui Andrei.

- Da, Andrei?

- Salut! Ce spui, ai chef diseară de o ieșire, pe la ora opt, prin centru?

- Mă, am programată o întâlnire cu o tipă de la mine din grupă. Deci nu prea am cum să mă împart. Cu ea mă văd de la opt, dar nu știu cât va dura.

- Ha! Super fain! Eu vin cu noua mea iubită și, ca atare, putem ieși în patru.

- Ai o altă iubită, bagabontule? îl întreb mirat.

- Da, am să-ți povestesc cu altă ocazie ce și cum. Deci, vă băgați și voi?

- Să îi dau mesaj și s-o întreb, pentru că nu pot decide în acest moment pentru amândoi.

- Ok, scrie-i și apoi dă-mi și mie un SMS.

- Așa fac. Salut!

- Pa!

Îi închid telefonul și încerc să fac față veștii. Haha, amicul meu pe jumătate devenit misogin are o nouă iubită. Cum ți-e și viața asta! Când zici că nu mai vrei, primești, iar când vrei din tot sufletul tău, primești fix … știți voi ce. Mă rog, mă bucur pentru el și sper ca această tipă să fie cu multe clase peste Alexandra, pentru că el merită așa ceva, nefiind un băiat rău, în esență. Și nu, n-o spun pentru că suntem prieteni buni, ci pentru că-l știu destul de bine.

Îi trimit mesaj Larisei, iar ea se arată încântată de o ieșire în patru, ca urmare îl anunț pe Andrei. Rămâne să ne vedem la ora opt, în fața la Starbucks.

Pentru a-mi umple timpul până la ora șase și jumătate, moment în care mă voi apuca să mă pregătesc, îmi fac ceva de mâncare, iar, mai apoi, am parte de un maraton de vreo trei episoade din serial.

La ora șapte fără douăzeci, am ieșit pe ușa apartamentului, promițându-mi, probabil, pentru a suta oară că această seară va fi una de neuitat.

Sincer să fiu, habar nu am cum ar putea arăta o astfel de seară, dar, ca orice om, îmi place și mie să augmentez puțin lucrurile.

Ajung în același timp cu Larisa, ceea ce mă face să mă întreb dacă nu cumva destinul are niște surprize plăcute pentru noi.

- Bună, Larisa!

- Hei!

- Ce faci? o întreb după ce o sărut pe obraz, simțindu-i parfumul pe care nu cred că-l voi uita cu ușurință. Are ceva ce transmite mister și nebunie.

- Bine, mă bucur că am mai ieșit și eu din camera aia de cămin. Simțeam că prind rădăcini acolo. E cam frig, se vede că în câteva zile, iarna își va face simțită prezența. Tu ce faci?

- Nimic intersant, îi răspund oarecum încurcat încă de parfumul ei. Aștept să apară și oamenii ăștialalți doi.

În secunda următoare, primesc mesaj de la Andrei, prin care-mi transmite că vor întârzia cam douăzeci de minute din cauza unui ambuteiaj. Îi răspund că vom merge în EraAge, cel puțin până când începe nebunia și pub-ul se transformă într-un veritabil ring de dans. Sunt și ei de acord, așadar rămâne să ne vedem acolo.

- Hai să mergem înainte, în EraAge, pentru că ei vor întârzia câteva minute.

- Ok, îmi răspunde Larisa, ridicând din umeri, gest pe care-l consider drăguț, pentru că mă duce cu gândul la o persoană copilăroasă, așadar pură.

- Ziceai că nu prea ieși?

- Da, nu prea ies. Colegele mele sunt cam tocilare și stau mai mereu în cămin. Ori pleacă acasă, fiind din apropierea Bucureștiului.

- Tu de unde ești?

- De pe lângă Cluj. Ardeleancă, deși știu că nu pare, pentru că vorbesc destul de rapid pentru zona de unde provin.

- Haha! Ai dreptate! Și eu sunt din Hunedoara, dar nu pare, fix din același motiv.

- Este clar! S-au găsit cei mai rapizi ardeleni, îmi răspunde râzând.

Ajungem destul de repede în EraAge, pentru că am mers în pas grăbit, frigul contribuind la acest lucru. Ne așezăm la masă și, foarte operativ, chelnerul vine să ne aducă meniurile.

- De obicei, aici durează ani până să îți aducă cineva meniurile și să-ți ia comanda, îi spun.

- M-a văzut pe mine așa frumoasă și, na, din acest motiv vom fi serviți ca la carte în seara asta.

- Sigur, asta era! îi răspund amuzat. Îmi plac oamenii cu simțul umorului, pentru că ei sunt capabili să facă diferența dintre o zi de căcat și una acceptabilă.

Nu am apucat să dăm comanda, pentru că în acel moment îl văd pe Andrei intrând la braț cu … ea. Simt că inima începe să-mi bată tot mai repede. Nu se poate așa ceva! Ea, cea pentru care am simțit lucruri unice, chiar dacă nu am știut să le arăt foarte clar, era la brațul lui Andrei.

Timpul parcă s-a oprit în loc. În momentele de până a ajunge la masă, mi s-a derulat prin fața ochilor toate întâmplările pe care le-am trăit împreună cu ea, toate dezamăgirile, toate nelămuririle și, poate, toate întrebările rămase fără un răspuns. Da, ea nu m-a observat încă, dar parcă nici nu aș vrea să mă vadă.

S-a mai schimbat - este mult mai frumoasă față de ultima dată când am văzut-o eu. Pur și simplu, pentru mine, Larisa nu mai exista acolo. Nici Andrei, dar oare merită să stric o prietenie pentru o nebunie a sufletului despre care, până acum, nu știam nimic?

**Continuarea în partea a doua.**

**PENTRU CĂ DATORITĂ ȚIE, DRAG CITITOR, AM AJUNS LA A DOUA CARTE, VREAU SĂ ÎȚI MULȚUMESC!**

Îți mulțumesc pentru că ai citit și cel de-al doilea volum al cărții mele. Pentru că ești parte din poveste, ți-am lăsat loc unde să scrii părerea ta despre carte, punctele tari, punctele slabe și ce ai vrea să se regăsească sau ce ai schimba în cea de-a doua parte a volumului.

Ai grijă de tine!

Cu dragoste,

Bogdan Marcu.